Wer bin ich? Sie
sagen mir oft,ich
träte aus meiner
Zelle gelassen und
heiter und fest,wie
ein Gutsherr aus
seinem Schloß.Wer
bin ich? Sie sagen
mir oft,ich spräche
mit meinen Bewa-
chern frei und
freundlich und
klar,als hätte ich zu
gebieten. Wer bin
ich? Sie sagen mir
auch,ich trüge die
Tage des Unglücks-
gleichmütig lächelnd und stolz,wie einer, der Siegen gewohnt ist.Bin ich das
wirklich, was andere von mir sagen?Oder bin ich nur das, was ich selbst von
mir weiß?Unruhig, sehnsüchtig, krank, wie ein Vogel im Käfig,ringend nach
Lebensatem, als würgte mir einer die Kehle,hungernd nach Farben, nach
Blumen, nach Vogelstimmen,dürstend nach guten Worten, nach menschlicher
Nähe,zitternd vor Zorn über Willkür und kleinlichste Kränkung,umgetrie-
ben vom Warten auf große Dinge,ohnmächtig bangend um Freunde in endlos-
er Ferne,müde und leer zum Beten, zum Denken, zum Schaffen,matt und
bereit, von allem
Abschied zu
nehmen?Wer bin
ich? Der oder
jener?Bin ich denn
heute dieser und
morgen ein
andrer?Bin ich
beides zugleich? Vor
Menschen ein
Heuchler Und vor
mir selbst ein
verächtlich wehleidi-
ger Schwäch-
ling?Oder gleicht,
was in mir noch ist,
dem geschlagenen
Heer,das in Unord-
nung weicht vor
schon gewonnenem
Sieg?Wer bin ich?
Einsames Fragen
treibt mit mir
Spott.Wer ich auch
bin, Du kennst
mich, Dein bin ich,
o Gott!

狱中诗

Dietrich Bonhoeffer
Bonhoeffers Gedichte aus der Haft

[德] 迪特里希·朋霍费尔 著

林鸿信 译注

上海三联书店

目 录

引言

第一章　过去(Tegel, June 1944)　　　　　　　　　11
诗评　　　　　　　　　　　　　　　　　　　　18

第二章　幸与不幸(Tegel, June 1944)　　　　　　　31
诗评　　　　　　　　　　　　　　　　　　　　35

第三章　我是谁?（Tegel, Summer 1944)　　　　　　39
诗评　　　　　　　　　　　　　　　　　　　　42

第四章　基督徒与异教徒(Tegel, Summer 1944)　　　47
诗评　　　　　　　　　　　　　　　　　　　　49

第五章　狱中夜语(Tegel, Summer 1944)　　　　　　55
诗评　　　　　　　　　　　　　　　　　　　　68

第六章　自由四站(Tegel, August 1944)　　　　75

诗评　　　　78

第七章　朋友(Tegel, 27 & 28 August 1944)　　83

诗评　　　　90

第八章　摩西之死(Tegel, September 1944)　　95

诗评　　　　110

第九章　约拿(Tegel, October 1944)　　　　115

诗评　　　　117

第十章　所有美善力量(Berlin, December 1944)　121

诗评　　　　124

结语　　　　129

引言

　　1944 年 6 月到 10 月，德国神学家朋霍费尔 (Dietrich Bonhoeffer，又译潘霍华，1906—1945) 从泰格尔 (Tegel) 监狱，先后寄了九首诗给他的好友贝特格 (Eberhard Bethge) ——同时是他的学生和亲戚，因贝特格娶了朋霍费尔的外甥女，就是大姐乌苏拉 (Ursula) 和姐夫施莱歇尔 (Rüdiger Schleicher) 的小女儿瑞娜 (Renate)。最后一首诗，是朋霍费尔于 1944 年底，从奥布莱希特亲王大街 (Prinz-Albrecht-Strasse) 监狱寄给母亲的。

　　1943 年 1 月 7 日，朋霍费尔与玛利亚 (Maria von Wedemeycr，1924—1977) 订婚，4 月 5 日被捕下监，囚禁在泰格尔监狱，同时他的二姐克莉丝特 (Christine，后来活到 1965 年) 和二姐夫杜南伊 (Hans von Dohnanyi) 也被捕了，他们都被控告阴谋叛变。1944 年 7 月 20 日，施陶芬贝格伯爵 (Colonel Klaus von Stauffenberg) 暗杀希特勒的行动失败，反抗运动组织曝光。10 月初，朋霍费尔和朋友原本计划越狱，但旋即放弃，因为在 10 月 4 日朋霍费尔的三哥克劳斯(Klaus Bonhoeffer)和大姐夫施莱歇尔等人也遭逮捕,朋霍费尔不想再因越狱连累家人。1944 年 10 月 8 日,朋霍费尔被转到高度设防的奥布莱希特亲王大街盖世太保总部监狱。1945 年 4 月 9 日,年仅三十九岁的朋霍费尔在福罗森堡(Flossenburg)被处死刑,同年,他的三哥、大姐夫、二姐夫亦被处决。

在两年的牢狱生活中,青年才俊朋霍费尔历经痛苦煎熬、信仰挣扎与神学反思,其间从 1944 年 6 月到 10 月,朋霍费尔从泰格尔监狱先后寄了九首诗给他的好友贝特格,加上最后一首于 1944 年底从奥布莱希特亲王大街监狱寄给母亲,总共写了十首狱中诗,收集在《狱中书简》里,这些诗作不只让人更加了解朋霍费尔殉道前的心境与思想,也有极高的文学价值。朋霍费尔的狱中经验是亲身受苦的十架之路,而狱中诗作充分流露出真实人性的挣扎与向往,除了情感的抒发之外,还有深沉的神学意涵,身处死亡阴影威胁以及绝望受苦当中,其神学不只有血有肉,而且有血有泪。

从神学思想史的角度来看,探讨狱中诗对于朋霍费尔研究另外还有两层含意。首先,60 年代激进的世俗神学走纯粹人文主义之路,而一些世俗神学家宣称从朋霍费尔的"非宗教性"与"及龄的世界"观点得到启发,以致多少造成一种偏差印象,就是朋霍费尔开创了世俗神学。其实,这是严重的误解,因为从狱中诗可以看到,朋霍费尔对从宗教改革以来一脉相承的上帝主权神学思想是坚定不移的。其次,有些学者强调朋霍费尔的教会论是大公(Catholic)教会论,仿佛与天主教有许多共同之处,而研究狱中诗对于平衡这种观点很有助益。这让人想到 1924年十八岁的朋霍费尔前往罗马游学的经验,罗马天主教的棕树节节庆礼仪令当时的他大开眼界,之后他在日记里写道:"这神圣庄严的一天,是我领悟天主教部分真实性的第一天……我想,我开始了解'教会'的意义。"[1] 但不可忽略的是,他在日记里也同样坦承对代表着罗马天主教的圣彼得大教堂的失望:"当我看圣彼得大教堂最后一眼时,心中开始悲伤疼痛,迅速搭车离去。"[2] 著名的朋霍费尔传记作者贝

---

[1] 蕾娜特·温德:《力阻狂轮》(台北:雅歌出版社,2004 年),第 46 页。

[2] E. Bethge, *Dietrich Bonhoeffer* (N.Y.: Harper & Row, 1977), p. 40. 也见 E. Bethge, R. Bethge & C. Gremmels eds., *Dietrich Bonhoeffer. A Life in Pictures* (London: SCM, 1986), p. 55。

特格对其罗马之行的评论应当比较公允："毫无疑问，朋霍费尔对罗马有心胸十分开放的兴趣，在不忘其基督教渊源的前提下，他不带着破除偶像或教义偏见的立场去观察学习。"[3]

细心的读者应该可以发现，在朋霍费尔狱中诗里可以明显地看到其神学思想与宗教改革的呼应之处——他如何在受苦当中重申宗教改革的神学主题，如何赋予罪与悔改、因信称义、十架神学以及基督徒的自由等神学主题身历其境的诠释，如何反映他找到上帝以及被上帝找到的真实体验。

本书把最新而完整的德文版《狱中书简》里收录的十首诗翻译成中文，[4] 这些作品按照时间顺序大略排列如下：

1. **过去**

   （Vergangenheit, Tegel, June 1944）

2. **幸与不幸**

   （Glück und Unglück, Tegel, June 1944）

3　E. Bethge, *Dietrich Bonhoeffer* (N. Y.：Harper&Row, 1977), p. 41.

4　D. Bonhoeffer, *Widerstand und Ergebung*. DBK8 (München：Chr. Kaiser, 1998).

3. 我是谁?

(Wer bin Ich? Tegel, Summer 1944)

4. 基督徒与异教徒

(Christen und Heiden, Tegel, Summer 1944)

5. 狱中夜语

(Nächtliche Stimmen, Tegel, Summer 1944)

6. 通往自由的四站（又译"自由四站"）

(Stationen auf dem Wege zur Freiheit, Tegel,

August 1944)

7. 朋友

(Der Freund, Tegel, 27 & 28 August 1944)

8. 摩西之死

(Der Tod des Mose, Tegel, September 1944)

9. 约拿

(Jona, Tegel, October 1944)

10. 所有美善力量

(Von guten Mächten, Berlin, December 1944)

罗伯逊(Edwin Robertson)曾把这些诗翻译成

英文并加上注释,成为可读性很高的英文版。[5] 本书
从罗伯逊的翻译与注释受益良多,但是对于罗伯逊
的英文翻译并不完全认同,因为其中比较缺乏神学
的敏感性,并且由于他重视写诗的背景,相形之下对
于诗本身所要传达的信息缺少诠释,因此本书从德
文直接翻译成中文,在翻译与注释中尽量呈现作品
本身的神学意涵以及文学意境,[6] 希望能有助于读
者更加深入地理解这些诗。

5 1998 年首次在英国出版,1999 年以 *Voices in the Night* 为名在美国出
   版,新版:D. Bonhoeffer, *D. Bonhoeffer's Prison Poems*, E. Robertson
   ed. & tr. (Grand Rapids:Zondervan, 2005)。
6 本书所依据的研究资料曾以《狱中诗作的宗教改革神学主题》发表于中
   原大学宗教研究所 2006 年 3 月 16—18 日主办的"朋霍费尔与汉语神
   学国际学术研讨会",后来刊载于曾庆豹编:《朋霍费尔与汉语神学》(香
   港:汉语基督教文化研究所,2006 年),第 151—179 页。

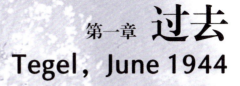

第一章 **过去**
Tegel，June 1944

过去

Tegel, June 1944

你走了！亲爱的欢愉与亲爱的沉重痛苦
我如何称呼你？苦恼、生命或蒙福？
我的一部分？我的心——我的过去？
砰然关门
我听到你的脚步声远去逐渐消逝
现在我留下什么？欢乐、折磨、渴望？
我仅仅知道——你走了！一切都成为过去

你可感觉现在我如何握住你？
——紧紧地抓住你
——必须抓到发痛
我如何扯碎你？
使你鲜血泉涌
仅仅为了确定你在我身旁
——有血有肉真正的生命
你可感觉我惊人地渴求痛苦？
——渴想看到鲜血流动
只有那样一切才不会沉没

消失在过去

生命,你对我做了什么?
你为何而来又为何而去?
过去——当你离我而去
你岂非仍是我的——我所拥有的——过去?

有如海上落日迅速沉落
急急奔向黑暗
你的影像如此沉落、沉落、沉落
刻不容缓
沉入过去的大海
没入一堆波涛当中
有如温暖的气息
在清晨冰凉的空气中消失
你的影像也如此对我消失
我不再记得你的脸庞,你的手,你的形状
一个微笑,一个景象,一个招呼出现眼前
瞬间崩解
无人安慰地,远远地
被摧毁

终将成为过去

我要吸取你身上的芬芳
深深吸入，久久停留
有如炎热夏日繁花茂盛迎着蜂群
使其陶醉
又如水蜡树使天蛾沉醉
然而一阵强风摧毁了香气和花朵
我像傻子站着
寻找消逝的过去

当你——我过去的生命——如此迅速地消失
我的血肉被火红的钳子撕裂
狂暴的抗拒与愤怒围攻我
我向空中抛出鲁莽、无益的问题
"为什么？为什么？为什么？"我不断地质问
为什么我再也感觉不到你
——生命正在过去，过去的生命
我必须思考，再三思考
直到发现我所失去的
但我觉得

所有围绕、覆盖我与在我下方的

都谜般地、冷漠地笑我

笑我无助地挣扎

想要捕风

想要抓住过去

邪恶进入我的眼睛与灵魂

我恨，我所看见的

我恨，那牵动我的

我恨一切活泼的，一切可爱的

都要偿付我所失去的

我只要我的生命，宣告我的生命又回来了

——就是我的过去

——就是你

就是你——使我热泪盈眶

隔着蒙蒙泪眼，我可能

看到你完整的影像吗？

完整的你

可以复得吗？

但我将不再流泪

泪水只帮助强者

泪水使弱者生病

疲倦地进入夜晚
牢营伸手欢迎我
承诺我将会遗忘
一旦我不再拥有
夜晚,请抹消灼痛赐我遗忘
以你的温柔,哦夜晚！使我得慰藉
我把自己交托给你
夜晚总是聪慧有力
比我聪慧,比白昼有力
世上没有任何力量做得到

凡思想与感觉、抗拒与眼泪必须拒绝的
夜晚总是慷慨万分倾倒给我
不受敌对的时间伤害
纯净、自由而完整
你在梦中出现
你——我的过去,你——我的生命
你——每时每刻

紧靠着你在深夜醒来

惊吓到

你将再度离我而去吗？

你——我的过去

找你总是徒然的吗？

伸出双手

我祷告

我经历新事：

借着感恩与忏悔

过去的一切——生命中最生动的片段又回来了

把握在过去当中上帝的赦免与良善

祈求他在今日与明日都保守你

诗评

　　1944 年 6 月，朋霍费尔开始写诗，首先写了《过去》和《幸与不幸》，其中较早完成的《过去》反映了他在狱中心灵备受煎熬的痛苦惨状，最深的折磨就是在美好记忆中的过去。当朋霍费尔告诉好友贝特格他开始写诗的秘密时，曾提到他不想让未婚妻玛利亚知道，怕她担心："因为写诗对我而言相当痛苦，也因为我担心这会把她吓坏了，而不是让她高兴。"[7]字字血泪的《过去》对于年仅二十岁的玛利亚而言，显然过于沉重。朋霍费尔还解释说："这种与过去的对话，这种想要抓住和恢复过去的努力，还有，最主要的是，这种对丧失过去的恐惧，几乎是我在此生活的日常伴侣，有时候，尤其是在短暂探视之后（探视之后几乎总是伴随着长久的分离），它就变成了一个带有种种变奏的主题。"[8]

　　在给贝特格的信里，朋霍费尔又提到说："现在

7　D. Bonhoeffer, *Widerstand und Ergebung*. DBK8（München：Chr. Kaiser, 1998），p.466.

8　朋霍费尔：《狱中书简》（成都：四川人民出版社，1992 年），第 151—152 页。

我既然首度把写诗的事说出来了,我觉得我可以把诗寄给玛利亚,而且必须寄给她,如果有些部分吓到她了,她应当学习去发觉其中的含意。"[9] 其实,这首令人落泪的诗作本身,很难不令人联想到朋霍费尔写的"过去"大半指向让他魂牵梦萦的未婚妻玛利亚,这可能也是他为何不敢寄诗给她的主要原因。此诗酝酿的背景反映在 1944 年 5 月 29 日朋霍费尔写给玛利亚的信中:"我最爱的玛利亚,我所写的不该让你心痛,或者让你过于心痛,以致你不能懂我?你可要非常清楚,这已是过去,仅仅是我的过去,意思是,是我生命历史的一部分,若没有这些经历和体验、所作所为、迷惘和失落,我恐怕就不是我了。人不该轻忽自己的过去。"[10] "过去"是朋霍费尔生命历史重要的部分,若没有这些过去,如他所说:"我恐怕就不是我了。"问题是:过去既然过去了,还会是属于我的吗? 这是一个极为令人痛苦的问题,朋霍费尔不敢在信中表达出来,却在诗中尽情地

9 D. Bonhoeffer, *Widerstand und Ergebung*. DBK 8 (München: Chr. Kaiser, 1998), p. 467.

10 露丝·爱丽丝·封·俾斯麦编著:《潘霍华狱中情书》(台北:校园书房,2006 年),第 284—285 页。

呐喊。

罗伯逊把德文 *Vergangenheit* (过去)翻译成英文 Loss(失去),[11] 这并不恰当,因为"过去"带有时间意涵,而"失去"则没有,翻译成"失去"将与结论——把时间的主权归诸上帝——的观点脱节。过去是一种失去,但失去不等同于过去,朋霍费尔要表达的是"过去的失去",翻译为"过去"应当最为恰当。时间的过去果真成为消逝的过去,这是最大的痛苦,何况这是出于离别而来的痛苦。

离别之前必有相聚,欢聚瞬间转成悲离,这显然与他入狱带来的与玛利亚刻骨铭心的分离有关,那种相聚后的分离,分不清是欢愉还是痛苦,都是最亲爱的感觉,动摇存在的根本。过去虽然已经消逝,却仍是"苦恼、生命或蒙福",又是"欢乐、折磨、渴望"。从称呼过去为"我的一部分""我的心"与"我的过去",可以看到"过去"毕竟还是"我的",如诗句:"过去——当你离我而去/你岂非仍是我的——我所拥有的——过去?"这正是痛苦所在:过去是我的,却

11　D. Bonhoeffer, *D. Bonhoeffer's Prison Poems*, E. Robertson ed. & tr. (Grand Rapids: Zondervan, 2005), p. 21.

又无法接近,甚至逐渐远去。不论过去带来欢愉或痛苦,朋霍费尔哀叹过去的消逝说:"砰然关门/我听到你的脚步声远去逐渐消逝。"最后留下沉重的感慨:"我仅仅知道——你走了! 一切都成为过去。"时间成为最可怕的阻拦,在过去与我们之间作了彻底的隔绝。

在时间隔绝的痛苦当中,朋霍费尔对于生命过去的远离极度不舍,迫切想要紧紧地握住,甚至"渴求痛苦?/——渴想看到鲜血流动/只有那样一切才不会沉没/消失在过去":

你可感觉现在我如何握住你?
——紧紧地抓住你
——必须抓到发痛
我如何扯碎你?
使你鲜血泉涌
仅仅为了确定你在我身旁
——有血有肉真正的生命

为了狠狠地抓住过去,朋霍费尔不惜让自己痛苦,有如撕扯得血肉淋漓,期盼痛苦可以唤醒他的生命,痛苦可以挽回过去。"你为何而来又为何而去？"朋霍费尔有如约伯抱怨生命无情,[12] 来来去去,不顾人间喜怒哀乐,借此提出他最深沉的质问："过去——当你离我而去/你岂非仍是我的——我所拥有的——过去？"当过去成为过去时,是否仍然属于我？或者已不再是我所有的了？过去的失去是如此深层的失落,仅仅存在于记忆,又在记忆当中逐渐褪色,不禁哀鸣,这样的过去仍然算是我的过去吗？

朋霍费尔使用了三个场景描述过去的消逝：

1. 海上落日沉落没入波涛汹涌

有如海上落日迅速沉落

急急奔向黑暗

你的影像如此沉落、沉落、沉落

刻不容缓

沉入过去的大海

没入一堆波涛当中

---

12 约伯三问："为什么生？（伯3：1—10）；为什么活？（伯3：11—19）；为什么不死？（伯3：20—26）。"

2. 温暖气息消失在冰凉空气中

有如温暖的气息

在清晨冰凉的空气中消失

你的影像也如此对我消失

我不再记得你的脸庞,你的手,你的形状

一个微笑,一个景象,一个招呼出现眼前

瞬间崩解

无人安慰地,远远地

被摧毁

终将成为过去

3. 夏日蜂群沉醉花丛被风吹散

我要吸取你身上的芬芳

深深吸入,久久停留

有如炎热夏日繁花茂盛迎着蜂群

使其陶醉

又如水蜡树使天蛾沉醉

然而一阵强风摧毁了香气和花朵

我像傻子站着

寻找消逝的过去

第一个场景使用了三次"沉落",描述过去的消逝,整个背景是黑暗与波涛,令人怵目惊心;第二个场景把温暖的气息与冰凉的空气进行强烈对比,呈现生命与死亡的对照,以及前者转成后者的无情;第三个场景以蜂群沉醉花丛投射自己贪婪地沉溺过去不能自拔——"我要吸取你身上的芬芳/深深吸入,久久停留",然而却求之不得,结果不过是"无助地挣扎/想要捕风/想要抓住过去",终遭"一阵强风摧毁了香气和花朵",在现实的破碎之下,唯有留下近乎痴呆的凝视。

　　朋霍费尔形容那种想要让过去停留下来的强烈心情有如蜂群沉醉花丛;幻灭之后,面对充满着玛利亚的过去之消逝,有如"血肉被火红的钳子撕裂",他抗拒、愤怒,如受伤野兽般追问:"为什么? 为什么? 为什么?"近似愚蠢地重复发问,仿佛一声又一声地呐喊挣扎,"为什么我再也感觉不到你",他企图抓住过去,结果只是空幻,只是冷漠。

　　生命痛苦至深之处瞬间转成怨恨,在痛苦与邪恶之间只有一线之隔,从我痛苦,转成我怨恨,一切在所不惜,只要能够把过去的生命再找回来。

邪恶进入我的眼睛与灵魂

我恨,我所看见的

我恨,那牵动我的

我恨一切活泼的,一切可爱的

都要偿付我所失去的

我只要我的生命,宣告我的生命又回来了

——就是我的过去

——就是你

　　然而,看似强者的怨恨,又瞬间转成弱者的眼泪——无助的眼泪。夜晚的来临,成了唯一的盼望:"夜晚,请抹消灼痛赐我遗忘/以你的温柔,哦夜晚!使我得慰藉。"此时的安慰就是夜晚睡眠所承诺的遗忘。"夜晚,请抹消灼痛赐我遗忘。""凡思想与感觉、抗拒与眼泪必须拒绝的/夜晚总是慷慨万分倾倒给我。"夜晚克服时间的隔绝,把过去在睡梦中带回来:"你在梦中出现/你——我的过去,你——我的生命/你——每时每刻。"然而梦中出现的过去不过是暂时的,旋即消逝而带来再度的伤害:"紧靠着你在深夜醒来/惊吓到/你将再度离我而去吗?/你——我的过去/找你总是徒然的吗?"

虽然夜晚梦乡承诺把过去带回来,但梦醒时刻总是惊吓一场,转眼成空,直到"伸出双手/我祷告/我经历新事",唯有"借着感恩与忏悔","过去的一切——生命中最生动的片段又回来了"。总是回到祷告才有可能经历新事,借着感恩与忏悔,上帝把过去又带回来了,因为上帝是掌管过去、现在与未来的上帝,在对过去的感恩当中经历到上帝在今日与明日的保守。"把握在过去当中上帝的赦免与良善/祈求他在今日与明日都保守你。"朋霍费尔找到了答案,答案在于上帝的赦免与良善,入口在于感恩与忏悔。

此诗最后几句仅简短地写出他的盼望在于祷告,令人觉得意犹未尽,似乎把找到答案的过程简化了。相对于前面漫长的痛苦挣扎,这样的结尾连朋霍费尔自己都觉得太短了。[13]

伸出双手
我祷告

13　潘霍华:《狱中书简》(成都:四川人民出版社,1992 年),第 152 页。

我经历新事：

借着感恩与忏悔

过去的一切——生命中最生动的片段又回来了

把握在过去当中上帝的赦免与美善

祈求他在今日与明日都保守你

　　读此诗不能不想到，对于一个被拘禁的人，所有的日子只剩下过去，而不再有现在与未来，自然过去是他所有的一切，也因此他会不断地质问："过去——当你离我而去／你岂非仍是我的——我所拥有的——过去？"

　　《过去》呈现真实的痛苦，真实的十字架，而朋霍费尔是真真实实、有血有肉的人，如他主张作基督徒就是"切切实实作一个人"。[14] 宗教改革以来，基督教不再追求成为脱离尘世的圣人，而是追求在今生今世成为被上帝接纳的罪人，"真实地活着"是宗教改革所追求的理想。路德于 1520 年 5 月出版《论善功》，德文书名 *Von den guten Werken*，意即"论好行

14　潘霍华：《狱中书简》（香港：基督教文艺出版社，1994 年），第 142页。

为",被称为宗教改革四大文献之一,此书打破了修道院的围墙,把属灵的信仰带入属世的生活中。中世纪教会把善功刻意分别出来,严格要求圣俗之分,主张信徒应当借着善功追求完全,因此出现了许多"圣人";而路德却主张凡出于信心的爱心行为就是功德,而信心本身更是最高的功德。[15]

对路德而言,基督徒是蒙恩的罪人而不是圣人,因此并没有必要追求作圣人,他在注释《罗马书》第四章时,宣称信主的人"同时是义人与罪人"(*simul iustus et peccator*, at once righteous and a sinner),他举了一个很有名的例子:一个大有能力的医生,宣告病人得医治,病人在医生治疗之下,终将逐渐康复,这个被宣告健康的病人,既非病人,亦非健康人,乃是同为病人与健康人。所以,当罪人被上帝宣告为义人时,即同时是罪人与义人。[16] 朋霍费尔也不赞成追求成为圣人,他说:"一个人必须完全过着今世的生活才能学习到信心。一个人必须放弃把自己造

---

15 路德:《论善功》,《路德选集》(上册)(香港:基督教文艺出版社,1968年),第17—104页。

16 *Luther: Lectures on Romans*, W. Pauck ed. (Philadelphia: Westminster), p. 127.

成某种人物的企图……就是我所说的'现世'的意义,即负起生命的一切责任与困难,成功与失败,一切经验与无可奈何之事。"[17]

17　潘霍华:《狱中书简》(香港:基督教文艺出版社,1994 年),第 146 页。

第二章 幸与不幸

Tegel，June 1944

幸与不幸

Tegel, June 1944

幸与不幸

迅速地压倒我们

初次看来

就像炎热与冷冻猛然接触

令人无法区分二者的相似

就像流星

遥远天际浑然抛出

闪耀划过轨迹迫近

瞬间飞越我们头顶

平凡单调的日常生活

遭遇侵袭碰撞

变成碎片

伟大超越

摧毁征服

幸与不幸

被请或不请自来

受震撼的人们

被侵袭的人们

更衣打扮

隆重进场

幸福充满惊恐

不幸洋溢甜美

从永恒照射过来

无法区分是这或是那

同样威力惊人

人们不分远近

奔来注目观看

又忌妒、又战栗

张口惊视

庞然巨物

超越尘世

祝福摧毁

纠葛不清

展开人间戏剧

什么是幸？什么是不幸？

只有时间能够区别二者

当不可掌握、高亢激昂的

突发事件

漫游在疲倦折磨的持续中

当白日时光缓缓过去

不幸的真正面貌首度向我们揭露时

大多数人转离

——令人厌倦的单调

——逐渐老旧的不幸

——失望无聊的烦闷

这是坚定不移的时光

母亲和我所亲爱的时光

朋友和弟兄的时光

以温柔的

属天光辉

轻轻环绕

坚定不移使所有的不幸容光焕发

诗评

　　同一个月写成的《幸与不幸》,比较抽象地反省朋霍费尔在狱中所受的煎熬痛苦。罗伯逊把德文 *Glück und Unglück*(幸与不幸)翻译成英文 Success and Failure(成功与失败),[18] 这样便把诗中带有的命运意涵消除了,仿佛这些遭遇与个人努力有关,而错过重点在于人世有限,一切遭遇的幸或不幸并无法全然分辨。

　　一开始他把"幸"与"不幸"的遭遇精彩地比拟成"就像炎热与冷冻猛然接触/令人无法区分二者的相似",二者都是瞬间被袭的经验,仿佛被流星撞击——"平常单调的日常生活/遭遇侵袭碰撞/变成碎片"。就像流星天边抛出划过飞越,我们也很难在生命当中辨识出何者为幸,何者为不幸,因为二者总是骤然来临,并且有如从遥远星空而来,刹那之间无从分辨。

　　幸与不幸的威力无穷,承受者只能"更衣打扮/

18　D. Bonhoeffer, *D. Bonhoeffer's Prison Poems*, E. Robertson ed. & tr. (Grand Rapids: Zondervan, 2005), p.33.

隆重进场"。在生命中遭遇幸与不幸的人,有如被流星侵袭,只能正色以待,其实是无能为力的。然而,事实真相有时是颠覆主观感受的——"幸福充满惊恐/不幸洋溢甜美",只要是"从永恒照射过来",就"无法区分是这或是那",相对于超越的永恒,在人世间发生的一切都太过渺小了,对永恒而言,表面的幸福可能不是好事,表面的不幸亦非坏事,毕竟那不是人所能轻易理解的,更何况二者难以区分,"祝福摧毁/纠葛不清/展开人间戏剧"。充分描述幸中有不幸,不幸中有幸,由于来自永恒的远方(暗指上帝居处),人不但无法区分二者,还有如被远处强光照耀刺眼炫目,无法分辨何者。

人在尘世,所见有限,确实常常误把幸当作不幸,不幸当作幸。可以想像朋霍费尔必定一时之间闪过这样的念头:反对纳粹的运动功败垂成,究竟是幸或不幸? 身处牢笼失去自由,又是幸或不幸呢?"什么是幸? 什么是不幸?"这不是容易回答的问题,"只有时间能够区别二者":

当白日时光缓缓过去
不幸的真正面貌首度向我们揭露时

大多数人转离
——令人厌倦的单调
——逐渐老旧的不幸
——失望无聊的烦闷

　　幸或不幸？只有留待历史让时间自己澄清，时间揭穿高亢的真相可能是倦怠，而当不幸的真面目终于藏不住时，"大多数人转离/——令人厌倦的单调/——逐渐老旧的不幸/——失望无聊的烦闷"，暗示着人们开始重新得着活力。只有从最终真相得到觉醒的人，可以转离日常生活里的单调、不幸与烦闷。然而，靠着时间解决问题还不够，更加有力的是出于爱的坚定不移：

这是坚定不移的时光
母亲和我所亲爱的时光
朋友和弟兄的时光
以温柔的
属天光辉
轻轻环绕
坚定不移使所有的不幸容光焕发

朋霍费尔此诗的结论是,唯有坚定不移的爱才能点石成金,改变不幸,他想到"母亲和我所亲爱的"之爱,"朋友和弟兄"之爱,"坚定不移使所有的不幸容光焕发",这从上帝而来的坚定不移的爱,正是圣经贯穿新旧约的主题。

　　宗教改革神学强调上帝的主权,如加尔文主张:"世事的秩序、理性、目的和必然性,大都隐藏在上帝的旨意中,非人的思想所能理解;所以它们看来似乎是偶然的,却需按照上帝的旨意,才可以发生。"[19] 从超越的上帝的角度来看,幸与不幸难以区分,因为只要是在上帝主权笼罩之下,都是最好的保障。因此,不以幸为喜,亦不以不幸为忧,一切只追求上帝的荣耀,更何况源自上帝的坚定不移的爱,可以把不幸的面貌转变成容光焕发。当彻底宣告人仅仅是人的时候,同时也宣告了上帝是人唯一的倚靠。

19　加尔文:《基督教要义》(香港:基督教文艺出版社,1970 年),1.16.9。

我是谁?

Tegel, Summer 1944

我是谁? 人们常说
我跨出牢房
从容、愉悦、坚定
好像庄主走出豪宅

我是谁? 人们常说
与守卫谈话
自在、友善、清晰
好像我在发号施令

我是谁? 人们又说
我忍受苦难
沉着、微笑、骄傲
好像一位常胜将军

我真的就像别人所说的吗?
或者我只是我所知道的我?
焦躁思慕卧病在床笼中困鸟

奋力呼吸喘气不停喉咙被掐
极度渴望色彩缤纷花卉鸟叫
迫切向往好话几句亲切招呼
气急败坏蛮横专政藐视羞辱
七上八下折腾期盼大事临到
软弱无力忧心想念亲朋好友
祷告祈求做工思想疲累虚空
眼昏手颤心中准备离世而去

我是谁？是这或是那？
今天是这人，明天是那人？
同时是二者？人前的伪君子
私下却是落单惊慌流泪的懦夫
内心好像溃散的军队
仓皇逃离到手的胜利
我是谁？
这个孤单的问题嘲讽我
不论我是谁
哦！上帝
你知我心
我是你的

诗评

　　《我是谁?》《基督徒与异教徒》与《狱中夜语》是同期作品,前二者呈现深刻的神学反省,后者是真实的狱中生活写照,而在《我是谁?》与《狱中夜语》里已经出现死亡阴影的威胁,这可能是因为朋霍费尔坐监已经超过一年,生还的盼望逐渐渺茫。

　　《我是谁?》是一首抒发内心焦躁挣扎、想要了解自己的诗作,这首诗前三段比较短,而且非常工整,叙述别人眼里的我,气定神闲。而后,突然之间仿佛进入乱流,第三段诗句较长,而且混乱,是困居斗室者嘶吼呐喊出自己眼里的我,充满不确定。

　　前三段从"我是谁? 人们常说"一直到"我是谁? 人们又说",呈现出来的是"别人眼中的我",这样的我完全不像在牢狱中受苦的囚犯,因为跨出牢房时,"从容、愉悦、坚定/好像庄主走出豪宅",与守卫谈话时,"自在、友善、清晰/好像在发号施令",忍受苦难时,"沉着、微笑、骄傲/好像一位常胜将军",别人看到的是朋霍费尔的高贵气质、威严风范与坚定勇敢。

　　第四段急转直下,打乱了原先工整的规格,他开始以连珠炮式急速而紧迫的语气质疑自己说:

我真的就像别人所说的吗?
或者我只是我所知道的我?
焦躁思慕卧病在床笼中困鸟
奋力呼吸喘气不停喉咙被掐
极度渴望色彩缤纷花卉鸟叫
迫切向往好话几句亲切招呼
气急败坏蛮横专政藐视羞辱
七上八下折腾期盼大事临到
软弱无力忧心想念亲朋好友
祷告祈求做工思想疲累虚空
眼昏手颤心中准备离世而去

我们看到活在真实软弱人性当中的朋霍费尔,只是卧病在床的笼中困鸟,喉咙被掐而挣扎着要喘一口气,所渴望的不过是彩色世界与花卉鸟叫,所向往的不过是好话几句亲切招呼,为了蛮横专政藐视羞辱而气急败坏,心中幼稚地期盼重大改变临到,忧心忡忡地想念亲朋好友,疲累虚空眼昏手颤地准备离世而去。在此我们看到面对死亡时真正的朋霍费尔,如他所说,基督徒并非圣人,亦非超人,只是凡人,是切切实实的一个人。

朋霍费尔"自己眼中的我"与"别人眼中的我"有极大的落差,他不断挣扎地说:"我是谁? 是这或是那? /今天是这人,明天是那人? /同时是二者?"究竟是别人眼中那光彩亮丽的我,或者是自己眼中那狼狈不堪的我,二者不断交替出现。"人前的伪君子"其实是"落单惊慌流泪的懦夫",表面坚强,内心有如"溃散的军队",竟然"仓皇逃离到手的胜利"。在自我挣扎的极致当中,"我是谁?"这个孤单的问题变成了对自己的嘲讽,最后,终于达到一个结论说:"不论我是谁/哦! 上帝/你知我心/我是你的。"

"别人眼里的我"是"从容、愉悦、坚定/好像庄主走出豪宅","自在、友善、清晰/好像我在发号施令","沉着、微笑、骄傲/好像一位常胜将军"。然而,"自己眼里的我"却是焦躁思慕卧病在床、喘气不停喉咙被掐、极度渴望色彩缤纷、迫切向往好话几句、气急败坏七上八下、软弱无力忧心想念、疲累虚空眼昏手颤、心中准备离世而去。"别人眼里的我"与"自己眼里的我"完全不同,两者之间的冲突带来"我是谁"的挣扎。在深层的自我剖析当中,朋霍费尔告白自己是"人前的伪君子",自己真实的内在总是远远不及别人的期待。

不论我是谁,不论人们眼中的我如何,我自己眼中的我如何,这些都不重要,最重要的是,上帝认识我,我是上帝的。宗教改革把对人的判断完全交在上帝手中,就像保罗所说:"我被你们论断,或被别人论断,我都以为极小的事;连我自己也不论断自己。我虽不觉得自己有错,却也不能因此得以称义;但判断我的乃是主。"[20] 朋霍费尔在讲章《论悔改》里说:"没有人是自己的审判者,基督是所有人的审判者,他的审判是永远的。"[21] 正因为把自己完全交托在上帝手中,所以能够坦承自己是一个罪人,其实诗中的自我剖析就是一种真诚的忏悔,表面上的亮丽无法掩饰真实的软弱。如路德对自己的罪非常敏感,他说:"虽然我是一个无可指责的修道士,出于极度困扰的良心,我感觉在上帝面前我是个罪人。"[22] 此外,值得注意的是,《我是谁?》已经开始呈

---

20 《哥林多前书》4:3—4。

21 D. Bonhoeffer, "On Repentance", *A Testament to Freedom*, G. B. Kelly & F. B. Nelson eds. (S. F.: Harper, 1990), p. 229.

22 *Martin Luther*. J. Dillenberger (ed.) (Garden City: Doubleday, 1961), p. 11. 自译,请参《九十五条及有关改教文献考》,第23—24 页。

现面对死亡的焦虑,诸如"眼昏手颤心中准备离世而去",一年的牢狱生活已经让他觉得自己没有希望离开监狱了。

第四章 **基督徒与异教徒**
Tegel，Summer 1944

基督徒与异教徒

Tegel, Summer 1944

有人亲近上帝,当他患难困苦
祷告祈求帮助、平安、食物
从生病、罪孽、死亡得到解救
基督徒与异教徒全都一样

有人亲近上帝,当祂患难困苦
见祂可怜受辱,挨饿无屋困顿
被罪恶、软弱、死亡纠缠不休
当祂受苦基督徒站在身旁

上帝亲近人,当他们患难困苦
用祂身体喂养肉体灵魂
被钉十架赦免他们
基督徒与异教徒全都一样

诗评

　　罗伯逊把德文的 *Christen und Heiden*（基督徒与异教徒），翻译成英文的 Christians and Others（基督徒与其他人），[23] 原因是他认为"异教徒"一词过于排外，可能导致贬损的联想。其实此诗正要刻意凸显"圈内圈外"人同此心，当人来寻找上帝的时候，不分基督徒或异教徒，全都是为了自己的需要；然而，当上帝寻找人的时候，不分基督徒或异教徒，全都愿意牺牲自己提供赦免。朋霍费尔认为，基督徒应当与一般人不同，不再是"有人亲近上帝，当他患难困苦"，而是"有人亲近上帝，当祂患难困苦"，"当祂受苦基督徒站在身旁"，因为上帝"用祂身体喂养肉体灵魂／被钉十架赦免他们"。

　　《基督徒与异教徒》分成三段，各段的第一句与最后一句互相呈现强烈对比，三个段落的第一句与最后一句分别是："有人亲近上帝，当他患难困苦"与"基督徒与异教徒全都一样"；"有人亲近上帝，当

23　D. Bonhoeffer, *D. Bonhoeffer's Prison Poems*, E. Robertson ed. & tr. (Grand Rapids: Zondervan, 2005), p. 49.

祂患难困苦"与"当祂受苦基督徒站在身旁";"上帝亲近人,当他们患难困苦"与"基督徒与异教徒全都一样"。主轴从第一段"基督徒与异教徒全都一样为了解决自己的患难困苦而亲近上帝",转向第二段"基督徒亲近患难困苦中的上帝而站在受苦的上帝身旁",最后转向第三段"上帝亲近患难困苦中的一切基督徒与异教徒"。简而言之,第一段描述自然人性,第二段呈现信仰理想,第三段指出信仰动力。朋霍费尔显然追求第二段里的宗教性,但需要第三段里的动力来支撑。毕竟,人们寻找上帝是为了自己的好处,而上帝寻找人是为了人们的好处;人们寻找上帝是为了从生病、罪孽、死亡中得到解救,而上帝寻找人是为了被钉十字架赦免人们;人们寻找上帝是追求自己的好处,而上帝寻找人是牺牲自己的好处。在这两极之间,基督徒应当扮演一个重要角色——寻找上帝不再是为了自己的好处,而是为了与受苦的上帝站在一起,这才是宗教性的表现。

这首诗令人印象深刻之处在于,首先呈现人人为了自己的利益而寻找上帝的自私,其次呈现基督徒学习放弃自己的利益而与受苦的上帝站在一起,最后突显出并不是人能够做什么,而是上帝能够成就恩典,并且不分基督徒或异教徒。一般阅读朋霍费尔的著作时,对于他"参与上帝的痛苦"的主张必定印象深刻,朋霍费尔在信里也从这个观点解明此诗。

"那首《基督徒与不信者(异教徒)》的诗,其中的含义你可看出来么?'基督徒参与上帝的痛苦,这是他们与异教徒不同之点。'……在这个无神的世界里,人当接受参与上帝痛苦的挑战。所以人应投身在此无神的世界里,无须以宗教来矫饰它或设法去使它神化。他必须在此凡俗的世界里生活,参与上帝的痛苦。……做基督徒并非必须在某特殊方面宗教化,必须培养某些特殊形式的苦行(如罪人,忏悔者,或圣人),而是切切实实地做一个人。使一个人成为基督徒不在于守宗教上的某些法规,而是在今世的生活中积极参与上帝的痛苦。"[24]

有关基督徒应当"去宗教化"的主张脍炙人口,

24　潘霍华:《狱中书简》(香港:基督教文艺出版社,1994 年),第 141—142 页。

成为世俗化神学主张的重要依据,强调在这个无神的世界里,人应当接受参与上帝痛苦的挑战,放弃宗教的化妆或遮蔽。然而,"去宗教化"的主张可能带来一种错误印象,以为人必须靠着自己在没有上帝的俗世里活下去,切切实实地努力做一个人,在今世的生活中积极参与上帝的痛苦,上述这些仿佛都是人应当有的作为。假如我们只读到此诗的第二段,这样的理解自然是正确的,但是还应当加上第三段,就可了解事实是上帝主动亲近人,主动用他的身体喂养人的肉体灵魂,主动被钉十架赦免人。人若能够切切实实地做一个人、在今世的生活中积极参与上帝的痛苦,并非靠着自己的努力,乃是出于上帝的恩典,很明显地,这反映了宗教改革"唯独恩典"(*sola gratia*)的主张。

巴特在其《教会教义学》中把这一点发挥得更加淋漓尽致,认为"人寻找上帝"是"宗教","上帝寻找人"才是"启示",而"宗教"必须被扬弃而后提升为"启示"。巴特批判宗教是客观启示的主观化,反映了人的不信,比如神秘主义以走向内在世界而强化宗教,而无神论表面否定宗教却形成新的宗教,唯有启示能够弃绝而提升宗教,当基督教想要证明

狱中诗

52

自己为真宗教时,就沦为宗教,唯独启示本身才是真宗教。[25] 巴特的论点反映了宗教改革的重要呼声:"上帝就是上帝!"(Let God be God!)[26] 更加完整地来说就是:"上帝就是上帝,人就是人!"(Let God be God! Let Human be Human!)巴特强烈地主张说:"'上帝在天上,而你在地上。'(传 5:2)如此的上帝与如此的人的关系,如此的人与如此的上帝的关系,对我来说,这就是圣经之主题与哲学之本质。"[27] 并非人寻找上帝,而是上帝寻找人;并非人拥有能力寻找上帝,而是上帝出于恩典寻找到人。同样地,并非人有能力与受苦的上帝站在一起,而是上帝与受苦的人站在一起。

---

25 参见 K. Barth, *Church Dogmatics 1/1*, Ch. 2 The Revelation of God, 17. God Revelation as the Annulment(Aufhebung)of Religion。

26 Philip S. Watson, *Let God be God*(Philadelphia:Fortress, 1947).本书为介绍改教家路德神学的名著,其书名反映了宗教改革精神。

27 巴特:《罗马书释义》(香港:汉语基督教文化研究所,1998 年),第 17页。引文经译注者参英译本校订。

第五章 狱中夜语
Tegel，Summer 1944

狱中夜语

Tegel, Summer 1944

伸直四肢躺在床板

双眼直视灰色墙壁

外面夏日——不认识我的傍晚

高声欢唱于乡野大地

白日潮水轻轻退去

露出永远的海滩

小睡一会儿

添补身心

外头人们、房屋、心灵都在燃烧

直到血红深夜之后

你的一天又开始了

坚持下去吧!

深夜宁静

我听

唯有狱卒的脚步与吆喝声

远方一对恋人吃吃的笑声

懒惰的睡虫,你竟什么都听不到吗?

我听到自己的灵魂颤抖摆荡
你竟听不到吗?
我听,我听,
众多声音喊叫不停
向着墙壁呼喊求救
受苦伙伴或醒或睡
深夜念头有口难言
听到床板不安地咯咯吱吱
听到锁链

听到失眠的人辗转反侧
向往自由和义愤的行动
当灰暗清晨被睡眠侵袭
在睡梦当中呢喃着妻儿

听到青涩男孩快乐低语
为着童稚美梦大大欢喜
听到他们拉紧毯子
躲避那可怕的噩梦

听到老人叹息虚弱喘气

默默地准备最后的一程
见过义与不义来来去去
现在即将看见永存不朽

深夜宁静
唯有狱卒的脚步与吆喝声
在寂静屋中你可听到
当千百人点燃心中熊熊之火
是如何震动、爆裂、怒号？

他们合唱无声无息
我的耳朵大大张开：
不分老少
各种口音
不分强弱
不分醒睡
不分贫富
同样悲惨
不论过去
是好是坏
我们这些结满伤疤的人

我们这些死者的见证人

不论不屈或者气馁

无辜或者被控重罪

长久隔离深深折磨

弟兄啊！我们在找你、叫你

弟兄啊！你听到我吗？

十二声冰冷、稀疏的钟塔声响

叫醒我

没有巨响、没有温暖

可以遮蔽保护

深夜恶犬狂吠

惊吓我

贫乏的钟响不断

分隔了贫乏的昨日

与同样贫乏的今日

一天过了又过一天

没有新事亦无好事

就像这天短短结束

与我何干？

我要看见时代改变

光明记号星空闪耀
新的钟响迎向众人
一敲再敲
我期盼见到那午夜
惊人壮丽光芒四射
邪恶焦虑消失
善良喜乐长存

坏人啊！
进入光中
面对审判
欺骗背叛
恶行恶状
救赎临近

看啊！人们
神圣的力量
正动工改正

欢呼宣扬：
信实公义

新的族类!

上天与大地之子和好
带来平安美妙

大地,欣欣向荣!
人们,得到自由!
得到自由!

突然起身
有如沉船时看见陆地
有如拥抱这个抓住那个
有如看见黄金果实成熟
然而每当瞥见、抓住、拥抱
却只是重重无法穿透的黑幕
陷入长考
全身沉浸黑暗深处
你这充满邪恶暴行的黑夜
尽管对我张牙舞爪吧!
为了什么?还有多久?你这样考验我们的耐性?
在又深又长的沉默过后

传来黑夜向我鞠躬致意：
我并不黑暗，罪恶才黑暗！
罪恶啊！我听到颤抖哆嗦
呢喃悲叹不已
听到内心激忿
在数不清声音的狂野骚动当中
一个默默不语的合唱
进逼上帝的耳朵

尽管是被人追赶猎捕
无力自卫而被人控告
担负无法承担的重担
我们却仍然控诉不停

我们控诉那些陷害我们
那些使我们株连入罪的
那些使我们眼见不义的
以致我们看轻那些帮凶

必须眼睁睁地看着邪恶
我们被卷入深深的罪恶

他们封住我们的口
成为哑口无言的狗

我们学会轻易说谎
听命顺从公然不义
手无寸铁被人欺负
转眼不顾保持冷漠

心中熊熊热火
无声无人注意
我们浇熄热血
践踏心中热情

那曾神圣连结人们的
一旦连皮带肉被扯碎
友谊和信实变色
眼泪悔恨遭嘲笑

我们这些敬虔族类
曾经守护公义真理
却在地狱笑声当中

藐视上帝又轻视人

尽管现在荣誉自由被夺
在人面前依然抬头挺胸
就算面对敌对喧哗声浪
在人面前依然宣告自由！

我们安稳坚定面对敌人
被人控诉我们依然控诉

只有在你万物源头面前
我们都是生来有罪的人

担心受苦表现不佳
在人面前背叛了你
我们眼看谎言昂首
我们却不尊重真理

眼见弟兄紧急需要
却只担心自己死亡

我们是人且是忏悔的人
诚然惶恐地来到你面前

主啊,这些动乱过后
请赐给我们缓刑时候

看过众多失迷道路
请让我们望见日出

求你话语建造道路
远远直到视野尽头

直到清除我们罪孽
保守我们安静忍耐
我们愿意默默预备自己
直到蒙召进入新的世代
直到暴雨洪水平息
按你旨意施行神迹

弟兄啊! 请继续为我祷告!
直到黑夜消逝

清晨头道日光苍白灰暗溜过窗户
温暖夏日微风轻拂吹过我的额头
"夏日！"我赞叹，"美丽的夏日！"
它可能带给我什么？
听到外头脚步仓促
靠近我时突然停住
浑身发冷又发热
我知道！哦！我知道！
柔和宣告锐利冷酷的消息
弟兄啊！请自制，很快就过去了
——很快很快就过去了
听到勇敢骄傲的脚步

你不再只见眼前片刻
而将看见未来的世代
弟兄，我将在那边与你同行
听到你的最后遗言：
"弟兄啊！当太阳对我转成苍白，
请继续为我活着！"

伸直四肢躺在床板

双眼直视灰色墙壁

外面夏日——尚不属于我的清晨

欢呼跳跃于乡野大地

弟兄们！等到长夜过去

新的一天又将开始

让我们坚持下去吧！

诗评

　　在被不公义对待的痛苦当中,受苦并不使我们成为义人,只有上帝是我们唯一的盼望。

　　这首诗第一段与最后一段都在描写可怕的狱中生活,"伸直四肢躺在床板/双眼直视灰色墙壁",从"外面夏日——不认识我的傍晚"写到"外面夏日——尚不属于我的清晨",让人深深觉得失去自由的痛苦与无奈。尽管心中非常羡慕"外面夏日",却不得不面对第一段的"不认识我的傍晚"以及最后一段的"尚不属于我的清晨",这也意味着朋霍费尔的诗作从晚上一直延续到清晨,可能终夜未眠。为了平衡狱中的悲惨印象,朋霍费尔在第一段与最后一段都结束于非常积极的呼吁:"直到血红深夜之后/你的一天又开始了/坚持下去吧!""弟兄们! 等到长夜过去/新的一天又将开始/让我们坚持下去吧!"

　　此诗以一墙之隔区分了两个世界,一个是不自由的世界,充满真实的痛苦——"唯有狱卒的脚步与吆喝声";另一个是自由的世界,却漂浮着虚幻的快乐——"远方一对恋人吃吃的笑声"。宗教改革最重要的神学主题之一,就是"自由",路德曾写过《基督徒的自由》,他主张：

"基督徒是全然自由的众人之主,不受任何人的
管辖。

基督徒是全然顺服的众人之仆,受任何人
管辖。"[28]

《狱中夜语》既然描述狱中失去自由的经验,自
然与身为基督徒的自由经验有所冲突,然而朋霍费
尔又时而见证在狱中的自由之身,值得深入观察。

在深夜宁静中,"深夜宁静/我听",朋霍费尔听
到被囚禁的灵魂呐喊,"我听,我听/众多声音喊叫不
停/向着墙壁呼喊求救/受苦伙伴或醒或睡/深夜念
头有口难言/听到床板不安地咯咯吱吱/听到锁链",
在可怕的"唯有狱卒的脚步与吆喝声"之外,还可以
听到各种人间的悲欢离合,听到牢友的喜怒哀乐,
"听到失眠的人辗转反侧",听到"在睡梦当中呢喃着
妻儿",听到"众多声音喊叫不停/向着墙壁呼喊求

28　路德:《路德选集》(上册)(香港:基督教文艺出版社,1968 年),第 352
页。

救",听到"当千百人点燃心中熊熊之火/是如何震动、爆裂、怒号"。除了这些声音之外,还有出于关怀之情的声音,朋霍费尔呼叫着:"弟兄啊! 我们在找你、叫你/弟兄啊! 你听到我吗?"

深夜的泰格尔监狱里宛如一首盛大的合唱曲,从向往自由到怀念妻儿,从童稚美梦到可怕噩梦,从青涩低语到老年叹息,"在寂静屋中你可听到/当千百人点燃心中熊熊之火/是如何震动、爆裂、怒号?"参与合唱的是,"我们这些结满伤疤的人/我们这些死者的见证人。"

午夜,面对冰冷的监狱,稀疏钟响,恶犬狂吠,狱中的日子天天一样单调贫乏,"没有新事亦无好事",朋霍费尔仍期盼,"我要看见时代改变/光明记号星空闪耀/新的钟响迎向众人/一敲再敲。"他仍期盼,"面对审判","救赎临近","神圣的力量/正动工改正","上天与大地之子和好",向往着,"大地,欣欣向荣! /人们,得到自由! /得到自由!"

然而,黑夜就像"重重无法穿透的黑幕","为了什么,还有多久,你这样考验我们的耐性?"朋霍费尔在黑夜里,时而"陷入长考,全身沉浸黑暗深处",斥责"充满邪恶暴行的黑夜",却听到"在又深又长的沉默过后"，"传来黑夜向我鞠躬致意：/我并不黑暗，罪恶才黑暗！"真正的黑暗，在于人的软弱与罪恶。朋霍费尔告白说："必须眼睁睁地看着邪恶/我们被卷入深深的罪恶。""我们学会轻易说谎/听命顺从公然不义。""我们浇熄热血/践踏心中热情。""在地狱笑声当中/藐视上帝又轻视人。""我们眼看谎言昂首/我们却不尊重真理。""眼见弟兄紧急需要/却只担心自己死亡。"

时而陷入悲愤，因为"在数不清声音的狂野骚动当中/一个默默不语的合唱/进逼上帝的耳朵"，因为"尽管是被人追赶猎捕/无力自卫而被人控告/担负无法承担的重担/我们却仍然控诉不停"，因为"必须眼睁睁地看着邪恶/我们被卷入深深的罪恶/他们封住我们的口，成为哑口无言的狗"，因为"我们学会轻易说谎/听命顺从公然不义/手无寸铁被人欺负/转眼不顾保持冷漠"。尽管身处悲愤当中，仍然维持基督徒的尊严说：

尽管现在荣誉自由被夺
在人面前依然抬头挺胸
就算面对敌对喧哗声浪

在人面前依然宣告自由！
我们安稳坚定面对敌人
被人控诉我们依然控诉
只有在你万物源头面前
我们都是生来有罪的人

然而所有认罪只是在面对上帝之时，"只有在你
万物源头面前/我们都是生来有罪的人"，"尽管现在
荣誉自由被夺/在人面前依然抬头挺胸/就算面对敌
对喧哗声浪/在人面前依然宣告自由！"主张一切荣
耀归与上帝，同时主张不可拜偶像，唯独在上帝面前
低头认罪，"我们是人且是忏悔的人/诚然惶恐地来
到你面前"，这是非常坚定的宗教改革思想。身在狱
中的朋霍费尔并不觉得自己在人面前有罪，甚至不
觉得自己真正被人束缚，仍然是"基督之下，万人之
上；为了基督，万人之下"的自由人。[29]

此诗最为震撼人心之处在于，终于等到清晨"苍
白灰暗"的日光，随着"美丽的夏日"而来的，却是仓
促的脚步声，"柔和宣告锐利冷酷的消息"：

29　对于路德的《基督徒的自由》论题的摘要。

弟兄啊！请自制,很快就过去了
——很快很快就过去了
听到勇敢骄傲的脚步
你不再只见眼前片刻
而将看见未来的世代
弟兄,我将在那边与你同行
听到你的最后遗言:
"弟兄啊！当太阳对我转成苍白,
请继续为我活着!"

在最接近清晨的时候,"清晨头道日光苍白灰暗",仿佛混杂着生命与死亡,是一天又开始的时候,也是又一位弟兄生命结束的时候,他打气说:"弟兄啊！请自制,很快就过去了/——很快很快就过去了。"那位被处决的弟兄最后的遗言:"弟兄啊！当太阳对我转成苍白,请继续为我活着!"这也是朋霍费尔自己的心声。最后朋霍费尔以盼望结束此诗:"弟兄们！等到长夜过去/新的一天又将开始/让我们坚持下去吧!"呼应第一段里的"直到血红深夜之后/你的一天又开始了/坚持下去吧!"朋霍费尔同样需要代祷说:"弟兄啊！请继续为我祷告！直到黑夜消逝。"

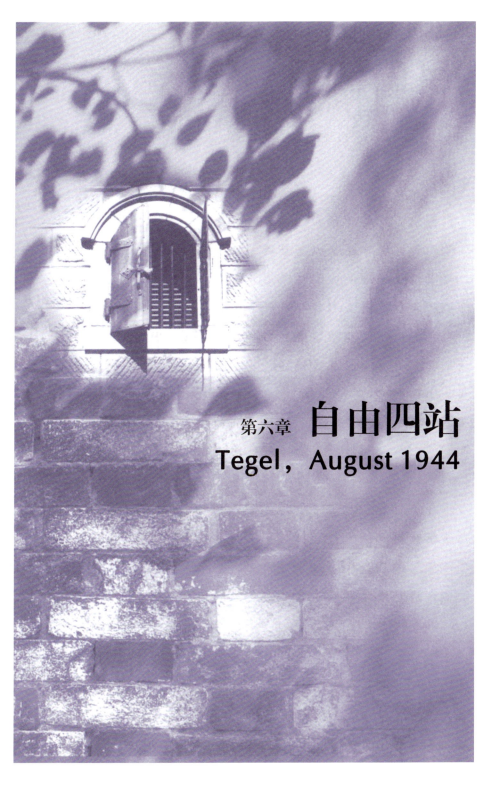

第六章 自由四站
Tegel，August 1944

自由四站

Tegel, August 1944

锻炼

出发吧！去追寻自由
必先学会锻炼感觉以及灵魂
莫让欲望肢体使你偏左偏右
心灵肉体都应贞洁完全顺从
追寻那为你预备的目标
只有锻炼才能看见自由的秘密

行动

不是随便任何事，而是勇敢做对的事
不是飘浮于可能，而是大胆抓住真实
不是用思想逃避，唯有行动带来自由
远离焦虑犹豫投入事件风暴
唯独上帝旨意和信心的带领
自由终将欢喜拥抱你的心灵

受苦

奇妙的转变！强壮做事的双手被捆

孤单无力地看见行动的结局

仍然深吸一口气为公义奋斗

在更强壮的手中安息抚慰心满意足

唯有在这片刻你蒙福地摸到了自由

交托上帝使它美妙庄严圆满实现！

死亡

来吧！走上永远自由之路来赴盛宴

死亡！为我除去沉重锁链

卸下短暂肉体、盲目心灵墙壁

终于看见尘世所无法看见

自由！我们在锻炼、行动与受苦中找你许久

在死亡路上终于在上帝脸庞看到了你

诗评

　　1944年7月20日施陶芬贝格伯爵暗杀希特勒的行动失败,反抗运动组织曝光,当天消息传入泰格尔监狱。[30] 隔天福音教会竟然宣称:"正当我们无畏生死且勇敢的军队,在困难的前方为了保卫祖国及赢得最后胜利而努力时,竟有一小撮被虚荣所驱使的军官胆敢犯下罪行,计划谋杀我们的领袖。我们的领袖被拯救了,使我们的民族避免无法形容的不幸。为此,我们要衷心地感谢上帝……"[31]

　　暗杀希特勒行动失败之后所写的五首诗作,经常可见死亡的意象。其中第一首《自由四站》写于1944年8月,自称是写给朋友的生日礼物,[32] 却反映了预备面对死亡的决心。朋霍费尔以锻炼、行动、受苦与死亡为通往自由之路的四站,再次反映宗教改革重要神学主题"自由",从锻炼作为起站出发,经由行动与受苦而走向终点站死亡。罗伯逊建议把这

30　蕾娜特·温德:《力阻狂轮》(台北:雅歌出版社,2004年),第200—201页。

31　蕾娜特·温德:《力阻狂轮》(台北:雅歌出版社,2004年),第201页。

32　潘霍华:《狱中书简》(香港:基督教文艺出版社,1994年),第191页。

首诗与朋霍费尔的一生作联想，首站"锻炼"显然与他早期创办神学院有关，那是他教学理想的实现，其中到处可见锻炼的精神。朋霍费尔认为，为所欲为并非自由，而控制所欲才是通往自由。锻炼强调自由不是放纵而是自律，因此追寻自由"必先学会锻炼感觉以及灵魂/莫让欲望肢体使你偏左偏右"。除了消极地克制自我之外，还要加上积极地"追寻那为你预备的目标"。

第二站"行动"最典型的代表，就是他三十三岁时在美国讲学，却选择返回德国。他写信给尼布尔说："我来美国是一场错误。我应当与德国的基督徒一起走过我们国家历史上这个困难的时期，除非我与我的同胞分担这个世代的苦难，否则我将无权参与战后德国基督徒生活的重建。"[33] 他的决定确实是"远离焦虑犹豫投入事件风暴"，以行动实现自己的思想与信念才能走向自由。

自由必须借由行动来领受，一个从不行动的人必定是自绝于自由的人。对神学家而言，神学思想

33　D. Bonhoeffer, *The Testament to Freedom*. G. B. Kelly and F. B. Nelson eds. (San Francisco: Harper Collins, 1990), p. 36.

往往就是逃避行动的地方，但朋霍费尔说："不是用思想逃避，只有行动带来自由。"而且，通往自由的行动，必须是"对"的行动，是"真实"的行动，这需要勇气，因为对的行动往往比不对的行动需要付出更高的代价，而货真价实的行动自然比"飘浮于可能"更加艰辛。路德反对各种缺乏信心的犹豫不决，也反对陷入孤立的幻想当中，认为这会带来"焦虑"（Anfechtung）的攻击。明确的行动决定，有助于脱离悬而不决的思想困境。加尔文也有类似想法，反对陷入中世纪冥思玄想的"迷宫"以及靠行为称义的"深渊"。朋霍费尔主张，"唯独上帝旨意和信心的带领"，可以把人领向自由。

第二站"受苦"正是他在监狱里的写照——"强壮做事的双手被捆"，在孤单无力当中唯有"在更强壮的手中安息抚慰心满意足"，表面看来是矛盾的，通过自己双手被束缚并交托上帝更强壮的手而"摸到了自由"，因着失去自己的自由而在信仰里得着自由。"受苦"表面看来与自由背道而驰，实质上却有更深的内在联系。在受苦中的"双手被捆"与"孤单无力"显然指向牢狱生活，尽管这是"行动的结局"，但却"仍然深吸一口气为公义奋斗"，这是知其不可而为之的英雄气概,也是宗教改革者共同的心志,这样的奋斗基础不是在于人的手,而是在于上帝那"更强壮的手"带来"安息抚慰","唯有在这片刻你蒙福地摸到了自由",但若要进入更加完全的自由,唯有"交托上帝使它美妙庄严圆满实现"!

第四站"死亡"呈现他在暗杀行动失败之后的心境,期盼死亡带来的释放力量使他"终于看见尘世所无法看见"的,寻觅许久的自由,"在死亡路上终于在上帝脸庞看到了你"。死亡被称为通往"永远自由之路",因为"死亡!为我除去沉重锁链",当短暂肉体与盲目心灵墙壁都被拆除时,"终于看见尘世所无法看见"的,朋霍费尔发出欢唱说:"自由!我们在锻炼、行动与受苦中找你许久/在死亡路上终于在上帝脸庞看到了你。"死亡一直都是威胁人们最可怕的力量,当死亡的威胁不能使人惧怕时,事实上已经进入最大的自由了,就像耶稣基督的复活胜过死亡、带来自由一般。

当面对死亡的威胁时,朋霍费尔却想到"自由"这个宗教改革的追求目标,巴特对于"自由"曾做过非常深入的神学论述,主张"自由"连同"爱"是上帝的存有,"上帝的存有就是在自由里去爱",上帝出于自由地爱人,使人亦可以自由地爱上帝。[34] 显然,朋霍费尔的"走上永远自由之路"呈现出他对上帝重价恩典的自由回应,这股力量甚至超越死亡的威胁,尽管身在锁链里却仍自由自在。

34　K. Barth, *CD*, 2/1, pp. 257－321.

第七章　朋友

Tegel，27&28　August 1944

朋友

Tegel, 27 & 28 August 1944

不是来自沉重的土地
——神圣有力的
血、性以及宣誓
那地为古老神圣秩序
护卫、复仇
防范邪恶与疯狂
不是来自沉重的泥土
而是来自自由的选择
来自精神的自由期待
毋需誓言与法律的约束
朋友是送给朋友的礼物

在喂养我们的麦田旁
人们恭敬地栽培耕种
辛勤地挥汗工作
必要的话
还愿牺牲流血
在日用饮食的田地旁

人们也容许

可爱麦花四处绽放

无人栽种、无人灌溉

自由自在不做防卫

欢欢喜喜满怀信心

生长在海阔天空中

人们给予蓬勃生机

在生命必需之旁

人们从厚重大地取得形体所需

在婚姻、工作与战争之外

那自由也还活着

向着太阳生长

不仅为了成熟的果实

开花也是可爱的

难道开花只为结果

或者结果只为开花

有谁知道？

二者都给了我们

最珍贵又最稀少的自由之花

来自嬉游、勇敢与信任的精神

在最欣喜的时刻跃出

——就是为了交友广阔的朋友

起先是玩伴

在精神宽广的旅程

迈向遥远美妙丰富

蒙上清晨日光面纱

有如黄金闪耀

在日正当中的炎热下

蓝天薄云

缓缓地飘过去

在兴奋的夜晚

灯光照耀之下

有如隐藏的秘密宝藏

向追寻者呼唤

当精神触摸头脑与心灵

以伟大、愉悦、大胆的思想

用清澈眼睛自由自在地

面对世界

当精神生出行动

——那使我们站住或跌倒的行动

从强健的行动

做工成长

赐人生命内涵与意义

而期盼

行动的、做工的、孤单的人

追随与他为友、了解他的精神

如水之清澈与清凉

精神从终日尘土得到清洗

从逼人炎热得到冷却

从疲倦时刻得到滋润

——有如一座危险与混乱过后的城堡

精神返回其中

他将找到避难所、安慰与力量

就是为了交友广阔的朋友

精神将信任

无止境地信任

他厌恶虫蛀致病

这虫在善良庇荫下

以嫉妒、猜忌与好奇滋养

用毒蛇般嘶嘶作响的毒舌

害怕、憎恨与辱骂

自由思想的奥秘

以及正直之心的奥秘

渴望精神将扬弃所有的伪装

向所信任的其他精神完全开放

自由地与他连成一体

精神不嫉妒地肯定

他赞赏

他感谢

并从别的精神

得到快乐与力量

尽管严苛要求

严厉责备

但却自居谦恭

成熟的人

从忠实朋友寻找的

既非命令、亦非不容置疑的律法教条

而是来自诚挚良善

使人自由的忠告

或远或近

喜乐或悲伤

在彼此身上

认出真正的帮助者

带来自由

以及人性

于 8 月 28 日早晨

午夜传来空袭警报呼啸

我在寂静中想念你良久

想到过去时光及你种种

深愿你在新的一年回家

凌晨一点半长久静默后

终于听到解除警报信号

我看到令人欣喜的征兆

所有危险轻轻离你而去

诗评

　　《朋友》这首歌颂友情的诗作,写于1944年8月27—28日,此诗描述友情,是致赠好友贝特格的生日诗,"起先是玩伴/在精神宽广的旅程/迈向遥远美妙丰富",成为灵性伙伴。朋友意味着自由地付出,如圣经所说:"人为朋友舍命,人的爱心没有比这个大的。"[35]

　　《朋友》作于《自由四站》之后,以友情来反映自由。"朋友"之可贵来自完全出于自由的付出,"不是来自沉重的泥土/而是来自自由的选择/来自精神的自由期待","朋友是送给朋友的礼物"。朋友是一种礼物,不是来自传统或其他任何外在影响与束缚。"朋友"不是最基本的人际关系,有如"喂养我们的麦田",是日用饮食所需,也必须"恭敬地栽培耕种/辛勤地挥汗工作";"朋友"毋宁是"可爱麦花四处绽放",而且"无人栽种、无人灌溉/自由自在不做防卫"。朋友虽然不是人们生存下去有如耕种生产的正业,却是在生活必需之旁,"那自由也还活着/向着

35　《约翰福音》15:13。

太阳生长"。然而朋霍费尔认为朋友的价值可以与
这些生活所需并驾齐驱：

> 不仅为了成熟的果实
> 开花也是可爱的
> 难道开花只为结果
> 或者结果只为开花

　　朋友的自由特征使得它有如"最珍贵又最稀少
的自由之花"，"来自嬉游、勇敢与信任的精神/在最
欣喜的时刻跃出/——就是为了交友广阔的朋友"，
这就是"自由"的精神。如巴特神学所强调，上帝全
然自由地转向人，使人得以自由地转向上帝。好朋
友之间也是出于自由的给予与付出。朋友是他在混
乱人世当中的鼓舞，"他将找到避难所、安慰与力
量/——就是为了交友广阔的朋友"。

> 如水之清澈与清凉
> 精神从终日尘土得到清洗
> 从逼人炎热得到冷却
> 从疲倦时刻得到滋润

——有如一座危险与混乱过后的城堡

精神返回其中

他将找到避难所、安慰与力量

——就是为了交友广阔的朋友

　　朋友当中最重要的是互相信任，"精神将信任/无止境地信任"。朋友之间禁得起各种严酷的考验，并且跨越各种障碍而连结，"精神将扬弃所有的伪装/向所信任的其他精神完全开放/自由地与他连成一体"，"并从别的精神/得到快乐与力量"。忠实的朋友连严苛要求、严厉责备也能自居谦卑，因为那"既非命令、亦非不容置疑的律法教条/而是来自诚挚良善/使人自由的忠告"，这样的朋友使人"或远或近/喜乐或悲伤/在彼此身上/认出真正的帮助者/带来自由/以及人性"。

　　改教家都有令人称羡的朋友，比如路德与墨兰顿、加尔文与法雷尔都是终生的忠实朋友。路德认为，"当人孤单地处于攻击性试探（Anfechtung）里，这是非常危险而有伤害性的，如《传道书》4：10所说，'若是孤身跌倒，没有别人扶起他来，这人就有祸了。'"[36] 路德又主张："当一个人孤单而与朋友分离时,假如他奋力并能对抗寂寞的压力,只有付出极大的代价才有可能;但假如他有一位可以信赖的弟兄,一切都将轻省多了……因此人应当逃离孤单而保持接近熟悉的人们,在灵性困境当中特别需要如此。"[37] 许多人对加尔文有严苛而不易亲近的印象,其实这是错误的,因为加尔文一生一直有许多重要的朋友,而且他是一位平易近人又深受大家喜爱的忠实朋友。[38]

朋霍费尔在狱中,面对死亡阴影,却仍然念念不忘他的朋友,甚至在空袭警报时为朋友操心,期盼在意大利服役的贝特格平安回家,直到警报解除,"我看到令人欣喜的征兆/所有危险轻轻离你而去",而朋霍费尔自己却走向更为坎坷的死亡之路。

36　M. Luther, *Lutherlexikon* (Göttingen: Vandenhoeck & Ruprecht, 1989), p.85.

37　M. Luther, *Lutherlexikon* (Göttingen: Vandenhoeck & Ruprecht, 1989), p.107.

38　参见 Richard Stauffer, *Calvins Menschlichkeit* (Zuerich: EVZ-Verlag, 1964), pp.21-34。

第八章 摩西之死
Tegel，September 1944

摩西之死

Tegel，September 1944

"……耶和华把……全地……都指给他看。"
（申 34：1—3）

来到巍巍群山峰顶
神人先知摩西伫立

他的眼睛凝神注目
瞻望神圣蒙福之地

他为自己之死预备
上主站在老仆身边

在令人哑口无言的高处
亲自启示所应许的未来

从疲倦的流浪者脚下延伸出去
是他默默迎接的家乡

以他临终一口气祝福

平平静静地面对死亡

"你必从远方瞥见拯救

但你的双脚却不得踏上！"

苍老的眼睛眺望、眺望着

蒙纱的远方有如晨曦

上帝有力的手捏塑陶土

使它成为献祭的杯——摩西祷告说：

"主啊！请实现你的应许

不要忘记你的诺言"

不论你带来恩典或惩罚

都不要离弃我们

你曾从奴役中拯救我们

用你温柔膀臂带来安歇

越过旷野惊涛骇浪

奇妙地与我们同行

人们的喃喃哀号哭泣

你长久忍耐背负承担

无情无义的百姓受你引领

走向通往荣耀的信心道路

不从恩典粮食得到滋养

反倒纵容贪婪以及偶像

直到你的愤怒带来瘟疫与毒蛇

深深撕裂你的百姓

原本即将承继应许之地

却落入叛乱带来了毁灭

在他们流浪的路上

在你恼怒中被抓走

你一旦看顾属你的百姓：
唯有相信而且深深相信

虽然大家向你宣示效忠
过红海时经历你的大能

他们在你面前无情变心
旷野飞沙埋葬他们身体

他们被你带领走向拯救
却去煽动众人背叛攻击

曾经是蒙恩的族类
对你不再忠实公正

你让老的被掳而去
等到新的生养而来

直到现在不分老少
高举你话并转向你

主啊！你知，在极盛的年间
我一时匆忙脱口而出

不耐与怀疑的念头
使我信心发生动摇

请原谅我——尽管那是燃烧的火
在信中混杂着不信

你的临近以及你的面孔
对悔恨的我是刺痛的光

你的悲哀忧伤与大大震怒
如死亡之刺插入我的肉体

在你神圣话语面前
受感传讲成为咒诅

怀疑的人只能吃到果皮
全然被赶出上帝的筵席

只有完整的信心与交托
喝到圣地丰满葡萄汁液

主啊！纵使无法逃脱你的惩戒
请在高耸的山顶上赐我死亡

你曾出现在天摇地动的火山
我是你所拣选最亲近的朋友

你的口舌乃是神圣源头
你的眼目关顾穷乏痛苦

你的耳听见百姓叹息痛苦
你的膀臂折断敌人的弓箭

你的背承载疲倦的人们

胜过敌人与朋友的愤怒

在祷告中作你百姓中保
主啊！你的器皿、朋友与使者

莫让我死于侏儒的卑下
请赐我死在陡峭的高山

异象远大的死法
——领军争战的元帅即将死去

跨越死亡严肃边界
新的世代烽火照耀

当死亡之夜包裹我的身体
我从远方看见你拯救实现

神圣之地！我已经看见
美妙秀丽如装饰的新娘

新娘礼服光彩下的少女
忠实恩惠是新娘的首饰

让衰老凋零失望的眼睛
为了新娘体态甜美吃醋

让我此生在你大能之前沉没
啊！让我再次狂饮喜乐长流

上帝之地！在你宽阔门前
我们蒙福好像迷失梦境深处

敬虔列祖祝福应许
猛烈如风迎面而来

上帝的葡萄园露水清新
阳光照耀葡萄结实累累

上帝的园子结实丰硕
清澈的泉水涌流而出

上帝恩典笼罩自由大地

全新圣洁百姓诞生此地

上帝对强弱者的公义

防范任何独裁与暴力

人们教导上帝真理

迷途百姓回归信心

上帝平安成为坚固堡垒

忠实保守心灵、房屋、城镇

伟大安息日子终将来到

上帝安息临到敬虔子民

百姓安静单单享受

种植葡萄耕种田地

人人将要称呼别人我的弟兄

心中燃烧既非骄傲亦非嫉妒

父亲教导自己孩子
尊敬长者尊崇圣者

少女全都美丽、敬虔、圣洁
成为百姓祝福、装饰、荣耀

凡亲自与陌生人共享面包的
必定不会成为挨饿的陌生人

孤儿、寡妇、穷人
受到义人主动怜悯

上帝啊！你住在我们列祖当中
让我们的子孙成为祷告的子民

节庆高潮归你荣耀
百姓出去分别为圣

主啊！他们亲自带来祭物
并且为你高唱拯救之歌

百姓众口一心感谢欢呼
你民在万民中宣扬你名

伟大世界延伸到达天上
望见人们忙着喧哗鼎沸

在你赏赐的话语里头
指示万民生命的道路

世界沉重时日不再
求问你的神圣十诫

百姓终日犯罪不再
从你圣洁得着医治

我的百姓都当向前迈进
自由土地空气吸引呼唤

起来向前夺取山岭草场

敬虔列祖脚踪祝福你们

从你额头擦去炙热旷野尘土

站在蒙福之地大口呼吸自由

醒来,动手吧! 不是作梦,亦非幻想

上帝必定拯救疲倦心志

看那蒙福之地光彩四射

全属你们——你们已得自由!

来到巍巍群山峰顶

神人先知摩西伫立

他的眼睛凝神注目

瞻望神圣蒙福之地

"主啊! 请实现你的应许

不要忘记你的诺言"

你的恩典挽回拯救
你的愤怒惩戒驱赶

信实的主！不信实的仆人恍然大悟：
才知你一直都是公义的

今请执行你的惩罚
取我生命永远沉睡

唯有信心无瑕的人
可以畅饮圣地丰盛葡萄汁液

苦杯递给怀疑的人
信心颂赞感谢不息

你在我身施行奇妙作为
一切痛苦瞬间转成甜美

让我隔着死亡帕子瞥见
我的百姓全心事奉敬拜

上帝！我正没入你的永恒
看见我的百姓迈向自由

上帝！你又惩戒又赦免
你知我真心爱这百姓

承担百姓的耻辱重担
满足看见百姓得拯救

紧紧抱我！杖头正向我沉落，
信实上帝！准备好我的坟墓。

诗评

1944 年 9 月朋霍费尔写《摩西之死》, 10 月写《约拿》, 都与死亡有密切关联。《摩西之死》写年老的摩西在山顶上遥望上帝应许的迦南美地, 却不得进去, 心中历经挣扎、回忆而归向平静, 含蕴着朋霍费尔的自我投射。这是一首震撼人心的诗作, 主角是信心英雄摩西, 然而信心英雄最大的失败竟然就是缺乏信心, 带领百姓走出奴役之地的英雄, 竟然未能进入应许之地, 在年老摩西的回忆当中, 出现了真诚自省的祷告、对白与独白, 还有许多从挣扎到舒缓的场景。年老摩西与朋霍费尔一样, 都在面对死亡阴影威胁。

宗教改革强调"唯独信心"(*sola fide*), 路德主张最大的罪就是"不信", 朋霍费尔认为摩西得罪上帝之处亦在缺乏信心, "不耐与怀疑的念头/使我信心发生动摇/请原谅我——尽管那是燃烧的火/在信中混杂着不信", 紧接着, 悔改的真诚描述令人动容:"你的临近以及你的面孔/对悔恨的我是刺痛的光/你的悲哀忧伤与大大震怒/如死亡之刺插入我的肉体。"从摩西的悔改当中可以看到, 问题在于"不耐与怀疑的念头/使我信心发生动摇"，关键在于"在信中混杂着不信"。

怀疑的人只能吃到果皮

全然被赶出上帝的筵席

只有完整的信心与交托

喝到圣地丰满葡萄汁液

…………

唯有信心无瑕的人

可以畅饮圣地丰盛葡萄汁液

苦杯递给怀疑的人

信心颂赞感谢不息

忏悔的摩西接受自己进不了应许之地的命运，进而勇敢地面对即将来临的死亡，"今请执行你的惩罚/取我生命永远沉睡"，但是"莫让我死于侏儒的卑下/请赐我死在陡峭的高山"，而期盼"跨越死亡严肃边界/新的世代烽火照耀/当死亡之夜包裹我的身体/我从远方看见你拯救实现"。值得注意的是，朋霍费尔认为摩西是以"自由"为主轴呼吁百姓勇敢进入应许之地：

我的百姓都当向前迈进

自由土地空气吸引呼唤

起来向前夺取山岭草场

敬虔列祖脚踪祝福你们

从你额头擦去炙热旷野尘土

站在蒙福之地大口呼吸自由

醒来，动手吧！不是作梦，亦非幻想

上帝必定拯救疲倦心志

看那蒙福之地光彩四射

全属你们——你们已得自由！

当朋霍费尔描写摩西说："上帝！我正没入你的永恒/看见我的百姓迈向自由"，又说："上帝！你又惩戒又赦免/你知我真心爱这百姓/承担百姓的耻辱重担/满足看见百姓得拯救"时，岂非也想到他的德国同胞。诗中对于百姓忘恩负义描述生动，尽管经历神迹奇事拯救大能，人们还是"喃喃哀号哭泣""无情无义""纵容贪婪以及偶像""落入叛乱带来了毁灭""在你面前无情变心""煽动众人背叛攻击"等等，这恐怕也是当时德国教会的写照。

"拯救"与"自由"是宗教改革的两大主题，而二者都来自上帝的恩典。这样的恩典绝非廉价的恩典，乃是付出重大代价的恩典，甚至上帝自己本身也付出这种代价，"人们的喃喃哀号哭泣/你长久忍耐背负承担"，上帝承担百姓的顽劣，"他们被你带领走向拯救/却去煽动众人背叛攻击/曾经是蒙恩的族类/对你不再忠实公正"。摩西也跟随上帝的道路付出这样的代价，成为"上帝有力的手捏塑陶土/使它成为献祭的杯"；摩西体认自己"在祷告中作你百姓中保"，并且呼吁"主啊！你的器皿、朋友与使者"，明确表达自己成为中保承担牺牲代价的意愿。

"上帝有力的手捏塑陶土/使它成为献祭的杯"，摩西终于被上帝陶冶成为祭物，让新的世代踏在他身上进入应许之地，这也是朋霍费尔对自己的期待以及对未来德国的期待。明明知道死亡即将来临，而且进不了应许之地，摩西还是祈求"死在陡峭的高山"，期盼在临终之前远远瞭望应许之地，这是即将转送柏林盖世太保监狱的朋霍费尔的心声。

当朋霍费尔借着摩西的眼睛描述迦南美景，事实上已经是终末盼望的美景，是"上帝啊！你住在我们列祖当中/让我们的子孙成为祷告的子民"的终极实现，这让贝特格赞叹："我觉得你对未来的想法非常大胆,或许应该说是非常安慰人心。"[39] 只是摩西毕竟是人,难免哀叹未能身在其中,仅仅恳求"让我隔着死亡帕子瞥见/我的百姓全心事奉敬拜"。全诗最后以"紧紧抱我! 杖头正向我沉落,信实上帝! 准备好我的坟墓"结束,令人为之动容。

39　D. Bonhoeffer, *Letters and Papers from Prison* (N. Y. : Macmillan, 1972), p.398.

第九章 约拿

Tegel，October 1944

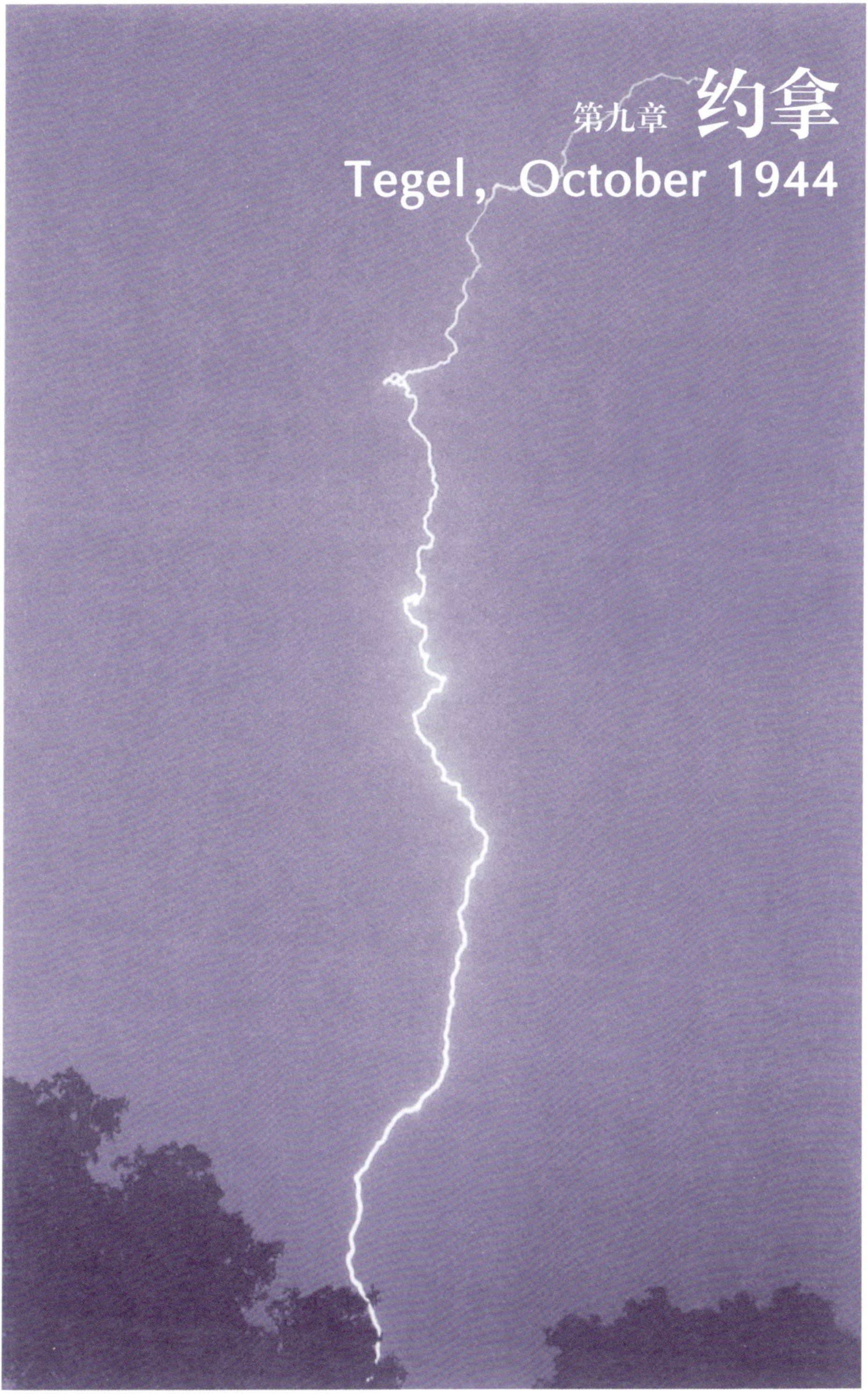

约拿

Tegel, October 1944

死亡惊惧大声呼喊身体缠住
被风浪轰击的湿绳牢牢紧绷
在深深恐惧里他们紧紧盯着
狂怒的大海激起陡峭的威力

"永恒、良善、被激怒的诸神！
帮助我们，或赐兆头使我们明白
到底谁的隐藏之罪冒犯了你们
——谋杀、背誓或讥讽？

究竟谁只顾自己颜面与些许好处
——谁以隐藏之罪带来灾难？"
他们如此祈求。约拿说："是我！
我在上帝面前犯了罪，我丧命了！

把我丢进大海吧！我犯了罪，上帝对我生气
义人不应与罪人一起毁灭。"
他们浑身发抖，以有力的膀臂
把罪人丢下去，大海于是平息

诗评

 1944 年 8 月至 1 0 月之间,朋霍费尔的心境经历许多变化,自从 7 月暗杀希特勒的行动失败以来,反抗运动的成员不断曝光,许多人纷纷被捕,10 月初朋霍费尔和朋友原本计划越狱,随即放弃,因为 10 月 4 日他的三哥克劳斯和大姐夫施莱歇尔等人也遭逮捕,朋霍费尔不想因越狱再度连累家人,这诗可能是 1944 年 10 月 5 日于泰格尔监狱作的,[40] 10 月 8 日朋霍费尔就被移送盖世太保总部奥布莱希特亲王大街监狱,可以想见写诗期间历经自己死亡与亲人死亡的威胁。

 1944 年 9 月朋霍费尔写《摩西之死》,10 月写《约拿》,二者都与死亡有密切关连,这是朋霍费尔被移送柏林之前的最后一首诗,主角是叛逆的先知约拿。《摩西之死》里的死亡还是一个背景,一个月后写的《约拿》,更是写出面对死亡的紧迫。一开头就

40　露丝·爱丽丝·封·俾斯麦编著:《潘霍华狱中情书》(台北:校园书房,2006 年),第 306—307 页。

描写死亡威胁的可怕景象，"死亡惊惧大声呼喊身体缠住/被风浪轰击的湿绳牢牢紧绷"，惊涛骇浪生死交缠的场景怵目惊心，死亡随时迫在眉睫，似乎反映出他对德国局势的观感。

在惊涛骇浪中面对沉没威胁的水手们向着诸神哀求，恳请告知遭此厄运的原因何在，水手们想要除去船上有罪的人，力图在风浪中逃生。结果约拿坦承说："是我！我在上帝面前犯了罪，我丧命了！把我丢进大海吧！我犯了罪，上帝对我生气，义人不应与罪人一起毁灭。"不同于根据圣经约拿是被掣签而指认出来，可见朋霍费尔把焦点集中在"悔改"，这里多少有朋霍费尔的自我投射，每次历经内心挣扎，都把他带回悔改的起点。

为何说"我犯了罪，上帝对我生气"呢？这对路德神学而言一点也不奇怪，按照上帝的标准，人在上帝面前一直都是罪人，也可能与《狱中夜语》里的自我反思有关，反抗邪恶的人并不因此就免于罪恶，而最可能的是，我们顶多是反抗邪恶的罪人或者是顺从邪恶的罪人吧！真正令人震撼的是，约拿呼吁"义人不应与罪人一起毁灭"，这表达了成为祭物为人牺

牲的决心，他主动要求水手们把他丢进大海，原因是
"义人不应与罪人一起毁灭"，自视为罪人而愿意承
担别人的生命，呈现出基督的形象，正是宗教改革
"唯独基督"（*solus Christus*）的呼声，而"把罪人丢
下去，大海于是平息"，更是有如钉十架的场景般震
撼人心，这也是在朋霍费尔人生终结之处即将发
生的。

第十章 **所有美善力量**
Berlin，December 1944

所有美善力量

Berlin, December 1944

1. 所有美善力量默默围绕
   神奇美妙安慰保守
   让我与你们走过这些日子
   并与你们踏入新的一年

2. 尽管过去年日折磨心灵
   艰困时光重担压迫
   主啊！请让饱受惊吓的灵魂
   得到已为我们预备的救恩

3. 若你递来沉重苦杯
   杯缘满溢痛苦汁液
   从你良善慈爱圣手
   毫不颤抖感谢领受

4. 若你愿意再赐我们
   世上欢乐阳光亮丽
   我们记念如梭岁月

生命完全交托给你

5. 请让烛火温暖明亮燃烧
   你给黑暗中的我们烛光
   请容许领我们再度相聚
   明白你的光在黑夜照耀

6. 寂静深深围着我们展开
   让我们听见那丰富响声
   从周遭无形的世界扩散
   凡你儿女尽都高声歌颂

7. 所有美善力量奇妙遮盖
   不论如何期盼安慰
   在晚上早上每个新的一天
   上帝都必将与我们同在

诗评

　　1944 年 7 月 20 日,暗杀希特勒的行动失败,朋霍费尔受到牵连,10 月 8 日从泰格尔移监到恶名昭彰的盖世太保总部地牢里,数度转送之后,隔年 4 月 9 日被处决。此诗作于 1944 年底,为了母亲与未婚妻而作,是朋霍费尔狱中诗最后一首,昔日亲人同伴多位身陷牢狱,面对浓厚的死亡阴影,却散发着美善与光明,洋溢着感谢与祝福,令人赞叹,呈现光明胜过黑暗的信心。

　　1944 年 12 月 19 日,朋霍费尔给玛利亚的信中提到:"这里还有几节诗,是我昨晚想到的,权作给你和爸妈还有兄弟姊妹的圣诞祝贺。"[41] 1944 年 12 月 28 日,朋霍费尔写给母亲的信充满感谢,他说:"亲爱的妈妈,我要你和爸爸知道,我心里不停地想着你们,我为你们对我和这个家庭所意味着的一切而感谢上帝。……我为你在过去一年中送到囚室中来的全部爱心而感谢你,它使每一天都更加容易忍

41　露丝·爱丽丝·封·俾斯麦编著:《潘霍华狱中情书》(台北:校园书房,2006 年),第 312 页。

受。"[42] 1945 年 1 月 17 日，朋霍费尔写信给父母说：
"这最后的两年告诉我，我们所能经历的东西是多么
微不足道。然而，每天都有成千上万的人在失去他
们所有的一切，只要想起这一点，我们就知道了：我
们没有权利说什么东西是属于我们的。"[43] 这两封信
充分说明了《所有美善力量》里感恩的心境。

此诗写于柏林盖世太保总部地牢的严酷肃杀气
氛当中，却以所有美善力量为主轴，令人惊讶。从第
一段的"所有美善力量默默围绕"到最后一段的"所
有美善力量奇妙遮盖"，充满着光明的感恩。从第一
段"神奇美妙安慰保守/让我与你们走过这些日子/
并与你们踏入新的一年"，到最后一段的"不论如何
期盼安慰/在晚上早上每个新的一天/上帝都必将与
我们同在"，也是充满着光明的盼望。面对死亡，唱
出这样的凯歌，极为不易。朋霍费尔也提到"尽管过
去年日折磨心灵/艰困时光重担压迫"，但总是经历
主"让饱受惊吓的灵魂/得到已为我们预备的救恩"。
尽管"若你递来沉重苦杯/杯缘满溢痛苦汁液"，但还

42 朋霍费尔：《狱中书简》(成都：四川人民出版社，1992 年)，第 199 页。
43 朋霍费尔：《狱中书简》(成都：四川人民出版社，1992 年)，第 201 页。

是"从你良善慈爱圣手/毫不颤抖感谢领受"。

在狱中或许朋霍费尔还是存有千万分之一奇迹般被释放的期盼,但仍超然于这些"世上欢乐阳光亮丽",而"我们记念如梭岁月/生命完全交托给你"。朋霍费尔写作时可能是在夜晚燃着蜡烛,"请让烛火温暖明亮燃烧/你给黑暗中的我们烛光",然而"请容许领我们再度相聚"究竟是地上相聚或者天上相聚,可能已无关紧要,因为出于感谢上帝恩典,重点在于"明白你的光在黑夜照耀",一切都是出于上帝恩典——"唯独恩典"(*sola gratia*)。

朋霍费尔在《作门徒的代价》里认为十架的受苦是双重的受苦,除了肉体的受苦之外,还要加上遭弃绝的受苦,是"一种没有荣耀的受苦"。[44] 尽管面对受苦被弃以及冷漠群众没有掌声的对待,但他体会到,终极而言,十架道路并不孤单,因为有"那丰富响声/从周遭无形的世界扩散/凡你儿女尽都高声歌颂"。1944 年 12 月 19 日,朋霍费尔给玛利亚的信中写道:"我们这里各房各院,将有非常冷清的几天,然而我一再经验到,周身越静谧,越清楚感觉到我与你

44　潘霍华:《追随基督》(香港:道声出版社,1980 年),第 77 页。

们相连。"[45]

　　同样在安静的黑夜里，半年前《狱中夜语》的激愤，诸如"众多声音喊叫不停/向着墙壁呼喊求救"，"听到床板不安地咯咯吱吱/听到锁链"，"当千百人点燃心中熊熊之火/是如何震动、爆裂、怒号?"，"在数不清声音的狂野骚动当中/一个默默不语的合唱/进逼上帝的耳朵"，都已经逐渐退去，在《所有美善力量》中留下的是上帝子民合唱的天籁，这确确实实是出自大而公之（Catholic）教会：

　　　　寂静深深围着我们展开
　　　　让我们听见那丰富响声
　　　　从周遭无形的世界扩散
　　　　凡你儿女尽都高声歌颂

45　露丝・爱丽丝・封・俾斯麦编著：《潘霍华狱中情书》（台北：校园书房，2006 年），第 310—311 页。

结语

结语

　　朋霍费尔忠于信仰而殉道,但他对于宗教的批判令人震惊。他认为,人类世界已经达到一种不需要宗教的"成熟"(*Mündigkeit*,或译"及龄")而成为一个及龄的世界。由于他对世俗性的正视,开启了世俗神学,比如60年代美国的神死神学;也由于他对"宗教"的批判,追求"非宗教的基督教",成为影响力极大的神学家。问题在于:究竟人是"不需要宗教",或者是"不需要上帝",这二者显然有某种关连,朋霍费尔想要肯定前者而否定后者。

1. 长大成熟

　　朋霍费尔使用 *Mündigkeit* (成熟、及龄)可能与康德提出著名的"启蒙"定义有关。1784年12月康德发表《答何谓启蒙》,对启蒙运动作了非常著名的定义:"启蒙是人之超脱于他自己招致的未成年状态。"[46] 其中"未成年状态"是指需要别人指导使用知

46　康德:《答何谓启蒙》,《联经思想集刊(一)》(台北:联经出版事业公司,1988年),第3页。

性的无能,而"自己招致"是指缺乏决心与勇气而非缺乏知性的心态。通过这个描述,康德呼吁人们勇敢地使用自己的知性,并且使用启蒙运动常见格言说:"勇敢地去知道吧(*Sapere aude*)!"[47] 就法律用语而言,"不成熟"(*Unmündigkeit*)是指不成熟而需要监护的状态,一般而言是指未成年者,但也可能指已成年者,因此若翻译成"未成年"或者"未及龄"并非全然准确,不过当翻译成"不成熟"时,又可能把焦点转移到心理方面的不成熟而带有贬意。英译本则把 *Die mündigkeit der Welt*(世界的及龄或成熟)翻译成 The world's coming of age(世界的已届成年)。[48]

朋霍费尔感慨说:"我们正在走向一个完全没有宗教的时代(a completely religionless time):现在的人们简直不再可能具有宗教气质。"[49] 宗教的时

---

47 康德:《答何谓启蒙》,第 3 页:"勇于求知吧(Sapere aude)!"原意为:"勇敢地成为有智慧者",意即:"勇敢地去知道吧!"

48 D. Bonhoeffer, *Letters and Papers from Prisons* (N. Y. : Macmillan, 1972), p.329.

49 朋霍费尔:《狱中书简》(成都:四川人民出版社,1992 年),第 126 页。参见 D. Bonhoeffer, *Letters and Papers from Prisons* (N. Y. : Macmillan, 1972), p.279。

代意味着,"内省与良心的时代"(the time of inwardness and conscience),[50] 也意味着"时空情境下形上学与内省的预设"(the temporally conditioned presuppositions of metaphysics, inwardness, and so on),[51] 这指向形上学以及个人主义,而非圣经信息或人的真实处境。[52] 换言之,朋霍费尔否定的宗教与形上学以及个人主义有关,那不是出自圣经的宗教,也不是与人的真实处境有关的宗教。他认为那种没有宗教的时代起源于 13 世纪,特色是走向人的自我管治(towards the autonomy of man)。[53] 当人认为能够自己掌管自己,不再需要个人的内省与良心,也不再需要形上学预设时,这些就造成非宗教的走向。

朋霍费尔讨论"及龄的世界"与"世界的及龄",前者指世界本身,后者则指世界的状态。他对及龄

---

50 D. Bonhoeffer, *Letters and Papers from Prisons* (N. Y.: Macmillan, 1972), p. 279.

51 D. Bonhoeffer, *Letters and Papers from Prisons* (N. Y.: Macmillan, 1972), p. 280.

52 D. Bonhoeffer, *Letters and Papers from Prisons* (N. Y.: Macmillan, 1972), pp. 285 – 286.

53 D. Bonhoeffer, *Letters and Papers from Prisons* (N. Y.: Macmillan, 1972), p. 325.

现象并不悲观,主张"在福音的基础上来理解,是在基督之光当中来理解"。[54] 面对一个及龄的世界,亦即不再需要宗教的世界,他期盼借由福音与基督重建信仰。因此,朋霍费尔连续追问,在一个非宗教的世界中,教会的意义究竟是什么? 如何谈论上帝,尤其是以世俗的方式谈论上帝? 崇拜与祈祷的定位如何?[55] 但朋霍费尔的态度并不悲观,他坚持以"非宗教和世俗的基督徒"身份继续努力,据此"教会"(希腊文 *ekklesia*,原意为"召唤聚集")就不应当追求离开此世的特别地位,而应当进入此世且彻底归属此世。如此一来,使得基督不再是"一个宗教的对象",而是"这个世界的主"。[56] 及龄世界使基督徒必须面对俗世的挑战,若是能够克服这个挑战,传统教会出世的倾向就将改变,成为积极入世的信仰团体,相信基督是整个世界的主,而不单单是教会的主。显然,

---

54 朋霍费尔:《狱中书简》(成都:四川人民出版社,1992 年),第 157 页。

55 朋霍费尔:《狱中书简》(成都:四川人民出版社,1992 年),第 127 页。参见 D. Bonhoeffer, *Letters and Papers from Prisons* (N. Y.: Macmillan, 1972), pp. 280–281。

56 朋霍费尔:《狱中书简》(成都:四川人民出版社,1992 年),第 127 页。参见 D. Bonhoeffer, *Letters and Papers from Prisons* (N. Y.: Macmillan, 1972), pp. 280–281。

朋霍费尔想要在一个宗教式微的世代里重建宗教，亦即在一个宗教已被边缘化、走向没有宗教的世代里重建宗教性。

2. 及龄世界的来源

及龄世界的成因究竟如何呢？到底为什么会进入一个不需要宗教的世代呢？朋霍费尔认为关键在于，在知识尽头、能力尽头之处，人就开始谈论上帝，然而这样的上帝只是为了解决人的问题而存在，不过是"舞台机关送出来的上帝"（*Deus ex machina*），一旦人的知识与能力获得增长，这样的上帝就成为多余的了。[57] 这种"舞台机关送出来的上帝"最常见的形式，就是把上帝当作补足人所不知的缝隙之"填缝的上帝"，[58] 这样的上帝永远存在于人所未知的边缘地带，一旦知识增长的时代来临，"填缝的上帝"就必须退场。因此，朋霍费尔悲叹说："上帝正

57　D. Bonhoeffer, *Letters and Papers from Prisons* (N. Y. : Macmillan, 1972), pp. 281 - 282. 在希腊罗马戏剧里，为了配合剧情需要，或是解决无法解决的难题以及难以扭转的情节，使用舞台机关送出来的神明角色。

58　D. Bonhoeffer, *Letters and Papers from Prisons* (N. Y. : Macmillan, 1972), p. 311.

在越来越被挤出这个世界,因为这个世界已经成年了。人们认为,没有上帝,认识和生活也是完全可能的。"[59]

朋霍费尔认为我们应当直面这个成年的世界:

"不应把上帝逐到某种最后的隐密地方去,相反,我们应该坦率地承认,世界和人类已经成年,我们不应该贬损人的世俗性,而应让人在其强而有力之处去面对上帝,我们应该放弃我们所有的教士式的遁词,以及把精神疗法和生存主义(存在主义)视为上帝之先锋的想法。"[60]

既然人只是彻彻底底地生活在俗世当中,那么宗教就不应当攻击人的俗世性,而应当在人所自认安身立命的俗世当中追求面对上帝,而非不断地贬损此世的价值。至于精神疗法和存在主义,朋霍费尔认为那只是另外一种遁世的方式,不应作为神学的宝贝。朋霍费尔以嘲讽的语气批判基督徒退缩的

---

59 朋霍费尔:《狱中书简》(成都:四川人民出版社,1992年),第165页。
60 朋霍费尔:《狱中书简》(成都:四川人民出版社,1992年),第170页。

态度："如果说上帝被逐出了世界,逐出了人生的公共的一面,那么,人们也曾做过努力,至少要在'个人的''内在的生活',即私生活的领域保留上帝。"[61] 事实上,朋霍费尔反对把上帝"私有化",而主张上帝应当是在公共领域活跃的上帝,正如上帝不应当是存在于人所未知的缝隙之"填缝的上帝",而应当是存在于一切当中的上帝。

朋霍费尔的主张是一把两刃利剑,当他指出人们以上帝为"填缝的上帝"而且人们的能力不断地增加时,这可以是走向上帝隐退之世俗化的先知呼声,也可以是呼吁人们勇敢地在俗世当中面对上帝的告白。朋霍费尔显然主张后者的积极态度,他认为及龄世界带有积极意涵:"就是去除一种错误的上帝概念,开辟道路看清圣经的上帝,这个上帝借着自己的软弱赢得在这世界里的力量与空间。这或许将成为我们'世俗诠释'的出发点。"[62]

"唯一的道路,是《马太福音》18：3 的道路,即通

61　朋霍费尔:《狱中书简》(成都:四川人民出版社,1992 年),第 168 页。

62　D. Bonhoeffer, *Letters and Papers from Prisons* (N.Y. : Macmillan, 1972), p.361.

过忏悔,通过终极的真诚。而要真诚的唯一途径就是承认,我们必须生活在这个世界上,即使上帝不存在。这正是我们确实看到的东西——上帝面前！所以,我们的成年,迫使我们真正地认识到了我们与上帝面对面的处境。上帝实际上教导我们说,我们必须作为没有他也能过得很好的人而生活。与我们同在的上帝,就是离弃我们的上帝(《马可福音》15:34)。让我们在这个世界上不用他作为起作用的假设而生活的那位上帝,就是我们永远站在他面前的那位上帝。在上帝面前,与上帝在一起,我们正在不靠上帝而生活。上帝允许他自己被推出这个世界,被推上了十字架。上帝在这个世界上是软弱而无力的,而且这正是他能够与我们同在并帮助我们的方式,唯一的方式。"[63]

积极入世是圣经里上帝亲自设下的榜样,被钉十架的基督就经历到上帝的远离,应当如此地投入一个没有上帝的世代,尽管不再有宗教,却仍然有宗

---

[63] 朋霍费尔:《狱中书简》(成都:四川人民出版社,1992年),第175—176页。

教性。事实上，朋霍费尔主张在一个不再需要宗教体的世代，积极更新恢复宗教性。

3. 宗教或宗教性

"人的宗教性使他在自己的苦难中企望上帝在这个世界上的力量；他把上帝作为一个 *Deus ex machina*（舞台机关送出来的上帝），然而圣经却使人转而看到上帝之无力与受难；只有一个受难的上帝，才能有助于人。"[64] 此处，朋霍费尔谈到人的"宗教性"，但却用来描述一般人在挫折当中的负面宗教心理，在苦难中投射性地期盼上帝在此世解救苦难的力量，其实这正是朋霍费尔所批判的，如果上帝真的是顺应人意而"有求必应"的话，那么真正的上帝就是人自己了。圣经的启示带来一个逆转，呈现的是无力与受难的上帝，必须借由逆转这个常见的宗教心理，才有机会进入更高的心理状态。

朋霍费尔批判说："宗教的行动总是部分的事情，而信仰却总是整体的事情，是包含整个生命的行动。耶稣并不召唤人们走向一种新宗教，而是召唤

64　朋霍费尔：《狱中书简》（成都：四川人民出版社，1992 年），第 176 页。

人们走向新生命。"[65] 朋霍费尔在此所说的宗教是指
"宗教体",而信仰却指向"宗教性",他认为宗教体只
是俗世的一个侧面,而宗教性却是整体生命的行动。
朋霍费尔对宗教体的态度大致上是负面的,他反对
把宗教当作先验的,认为宗教"不过曾经是人类自我
表达的一种历史和暂时的形式"。[66] 这种观点不只排
除了人生而具有宗教体,而且排除了宗教体的普遍
因素。至于宗教性则与宗教体不同,朋霍费尔提出
一些独特的见解:

> "只有通过完全彻底地生活在这个世界上,一个
> 人才能学会信仰。人必须放弃每一种要把自身造就
> 为某种人物的企图,不论是一位圣徒,还是一个皈依
> 的罪人,不论是一位教会人士(所谓教士型的!),还
> 是一个正直或不正直的人,抑或一个生病的人或健
> 康的人。我所说的世俗性指的是:以自己的步伐去
> 接受生活,连同生活的一切责任与难题、成功与失
> 败、种种经验与孤立无援。"[67]

65　朋霍费尔:《狱中书简》(成都:四川人民出版社,1992 年),第 180 页。
66　朋霍费尔:《狱中书简》(成都:四川人民出版社,1992 年),第 127 页。
67　朋霍费尔:《狱中书简》(成都:四川人民出版社,1992 年),第 182 页。

朋霍费尔认为基督教并非与世隔绝的宗教,而是必须通过完全彻底地生活在这个世界上才能学会信仰。信仰必须是真实的,而非扮演的;是入世的,而非出世的。因此,朋霍费尔使用"非宗教的基督教""非宗教的基督徒""非宗教、俗世的基督徒"来表达他对基督教的期待,[68] 他对于"俗世"的用法与一般不同,是指"积极入世"的含义。他所期待的宗教是落实人间的宗教,也就是从"人就是人"出发的宗教,排除了任何不"以人为人"的幻想。

人或许不需要宗教,但人需要上帝。

---

68 C. J. Green, *Bonhoeffer. A Theology of Sociality* (Grand Rapids: Eerdmans, 1999), p. 269.

图书在版编目(CIP)数据

狱中诗/(德)朋霍费尔(Dietrich Bonhoeffer)著;林鸿信译注.
—上海:上海三联书店,2021.9 重印
ISBN 978 - 7 - 5426 - 5788 - 6

Ⅰ.①狱… Ⅱ.①朋…②林 Ⅲ.①诗集-德国-现代
Ⅳ.①I516.25

中国版本图书馆 CIP 数据核字(2017)第 000937 号

狱中诗

著   者 / 迪特里希·朋霍费尔
译   注 / 林鸿信

策   划 / 徐志跃
合作出版 / 橡树文字工作室
特约编辑 / 刘 峣
责任编辑 / 邱 红
装帧设计 / 夏艺堂
监   制 / 姚 军
责任校对 / 张大伟

出版发行 / 上海三联书店
          (200030)中国上海市漕溪北路 331 号 A 座 6 楼
邮购电话 / 021 - 22895540
印   刷 / 上海展强印刷有限公司

版   次 / 2019 年 1 月第 1 版
印   次 / 2021 年 9 月第 2 次印刷
开   本 / 890×1240 1/32
字   数 / 60 千字
印   张 / 4.5
书   号 / ISBN 978 - 7 - 5426 - 5788 - 6/I·1191
定   价 / 48.00 元

敬启读者,如发现本书有印装质量问题,请与印刷厂联系 021 - 66366565